集英社オレンジ文庫

後宮の烏《からす》 7

白川紺子

本書は書き下ろしです。

目次

イラスト／香魚子

登場人物紹介

高峻《こうしゅん》　即位間もない若き皇帝。烏妃《うひ》・寿雪に〝友〟として寄り添う。

寿雪《じゅせつ》　当代、烏妃。不思議な術を使う、謎多き孤高の存在。

衛青《えいせい》　高峻に絶対的な忠誠を誓う宦官。

九九《ジウジウ》　寿雪の侍女。素直で世話焼きな性格。

温螢《おんけい》　衛青から、寿雪の護衛を命じられた宦官。

淡海《たんかい》　もうひとりの、寿雪の護衛。

衣斯哈《イシハ》　少年宦官。西方の少数部族出身。

之季《しき》　洪濤殿書院の学士。その前は賀州の観察副使。

晩霞《ばんか》　鶴妃《かくひ》。あどけなさの残る高峻の妃。寿雪に懐いている。

朝陽《ちょうよう》　晩霞の父で、賀州の有力豪族。かつて卡卡密《カカミ》国から渡ってきた少数民族の長。

白雷《はくらい》　巫術師、新興宗教「八真教《はっしんきょう》」の教祖。

隠娘　幼き「八真教」の巫女。

麗娘《れいじょう》　先代烏妃。故人。

魚泳《ぎょえい》　前冬官《とうかん》。故人。

千里《せんり》　現冬官。寿雪の協力者でもある。

花娘《かじょう》　高峻が師と慕う宰相、雲永徳《うんえいとく》の孫。高峻の幼なじみでもある。

世界図

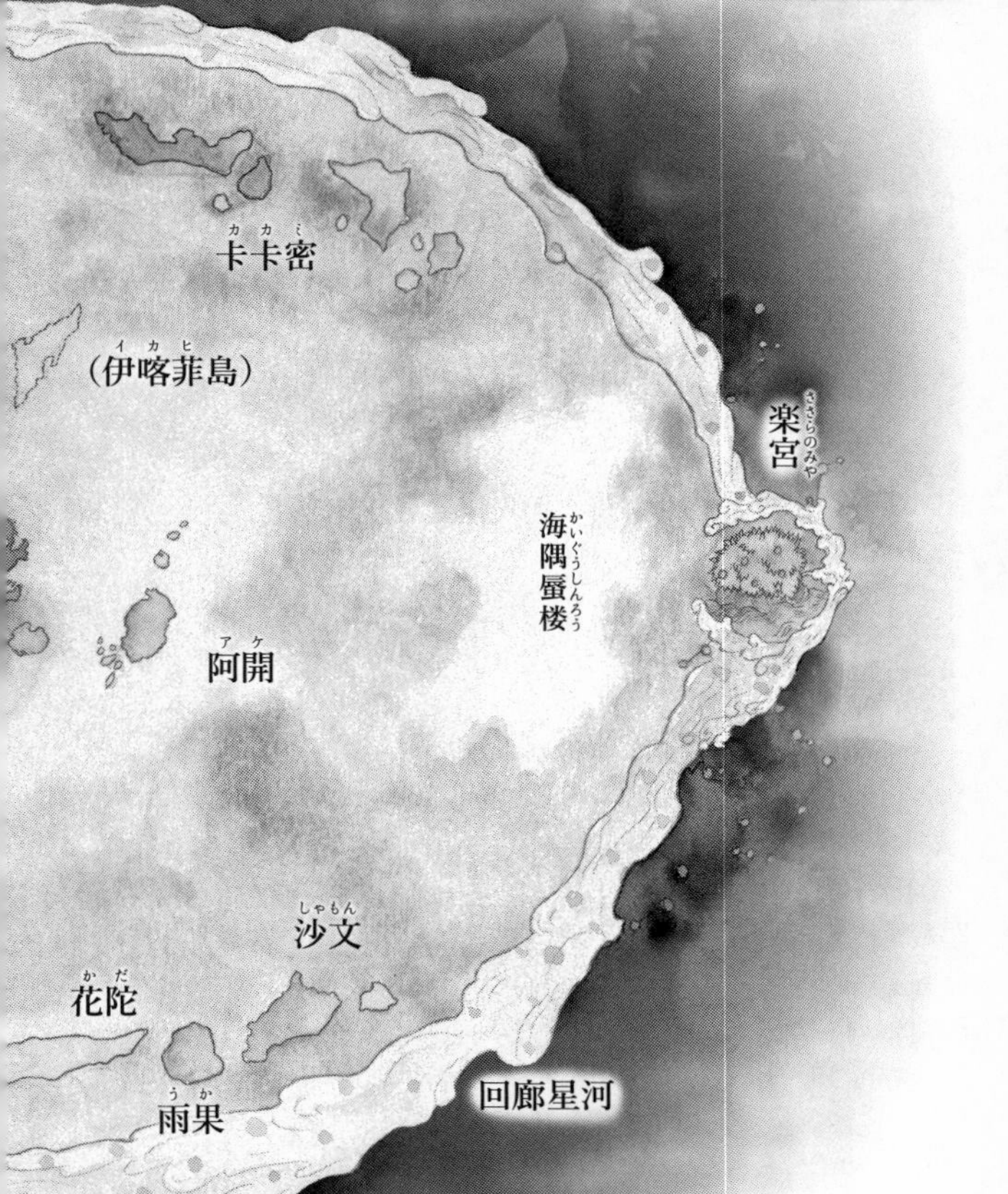
卡卡密《カカミ》
（伊喀菲《イカヒ》島）
楽宮《ささらのみや》
海隅蜃楼《かいぐうしんろう》
阿開《アケ》
沙文《しゃもん》
花陀《かだ》
回廊星河
雨果《うか》

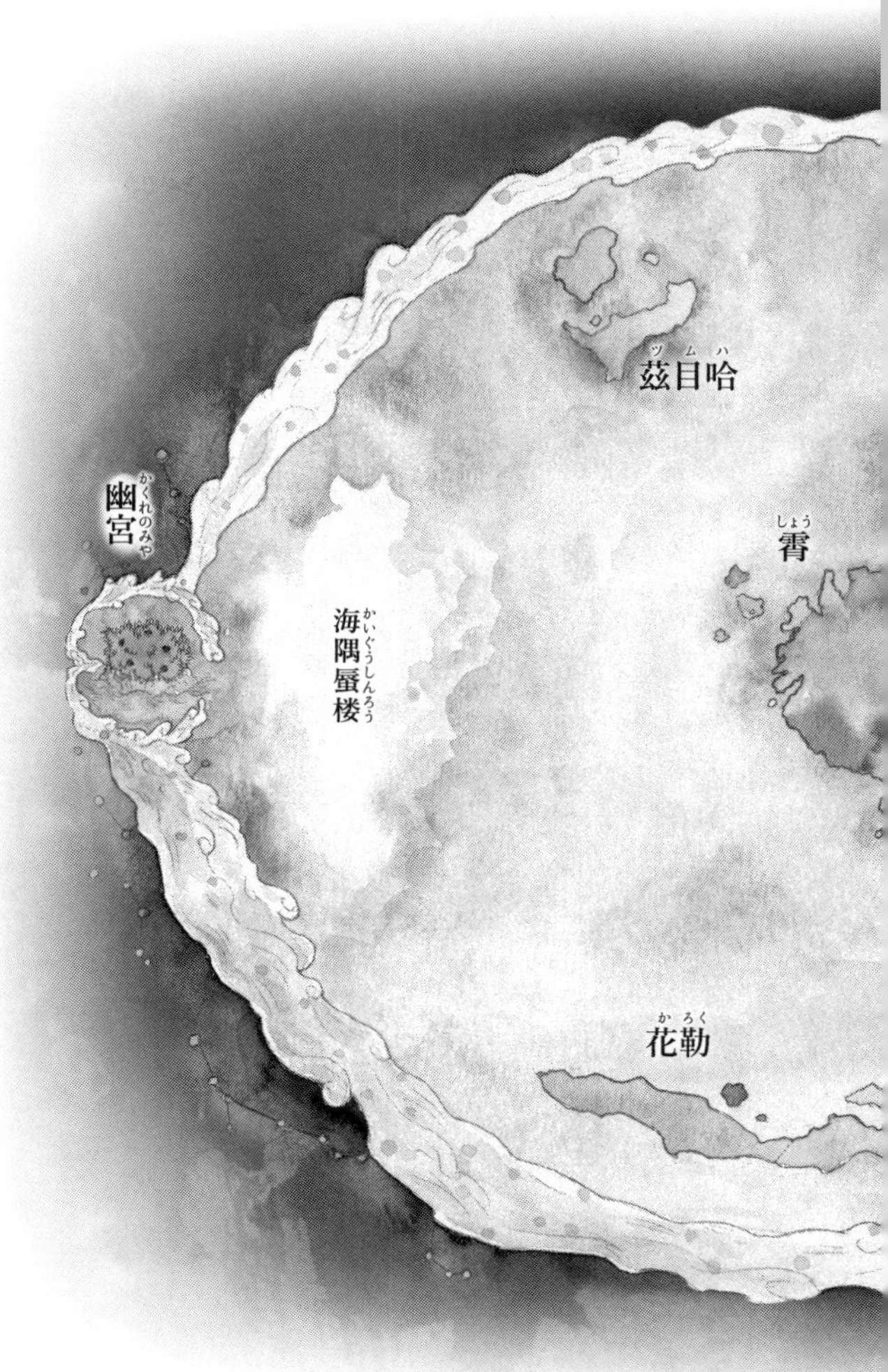

茲目哈《ツムハ》
幽宮《かくれのみや》
霄《しょう》
海隅蜃楼《かいぐうしんろう》
花勒《かろく》

霄国地図

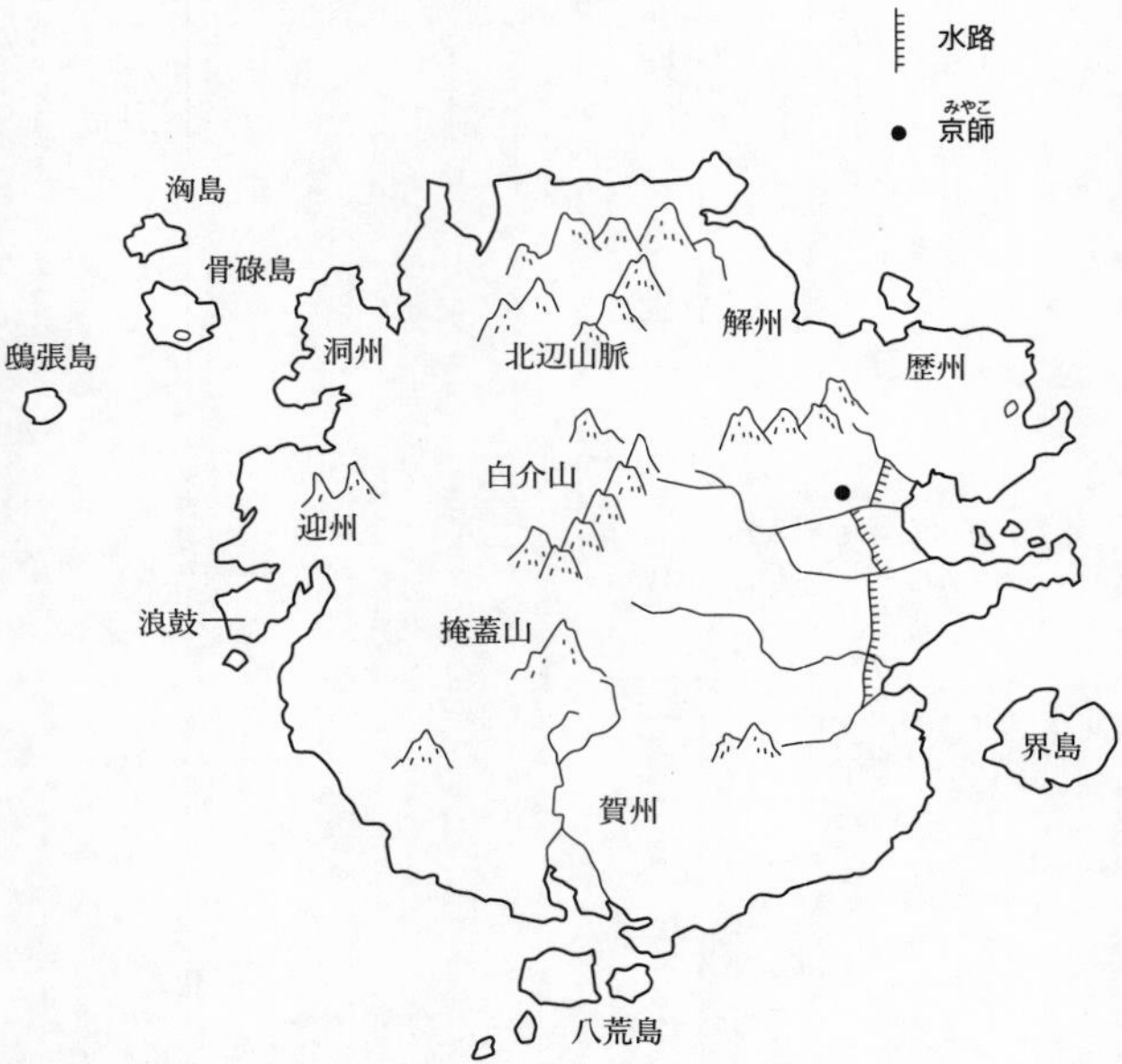

水路
京師《みやこ》
淘島
骨碌島
鵰張島
洞州
北辺山脈
解州
歴州
白介山
迎州
浪鼓
掩蓋山
界島
賀州
八荒島

宮城内地図

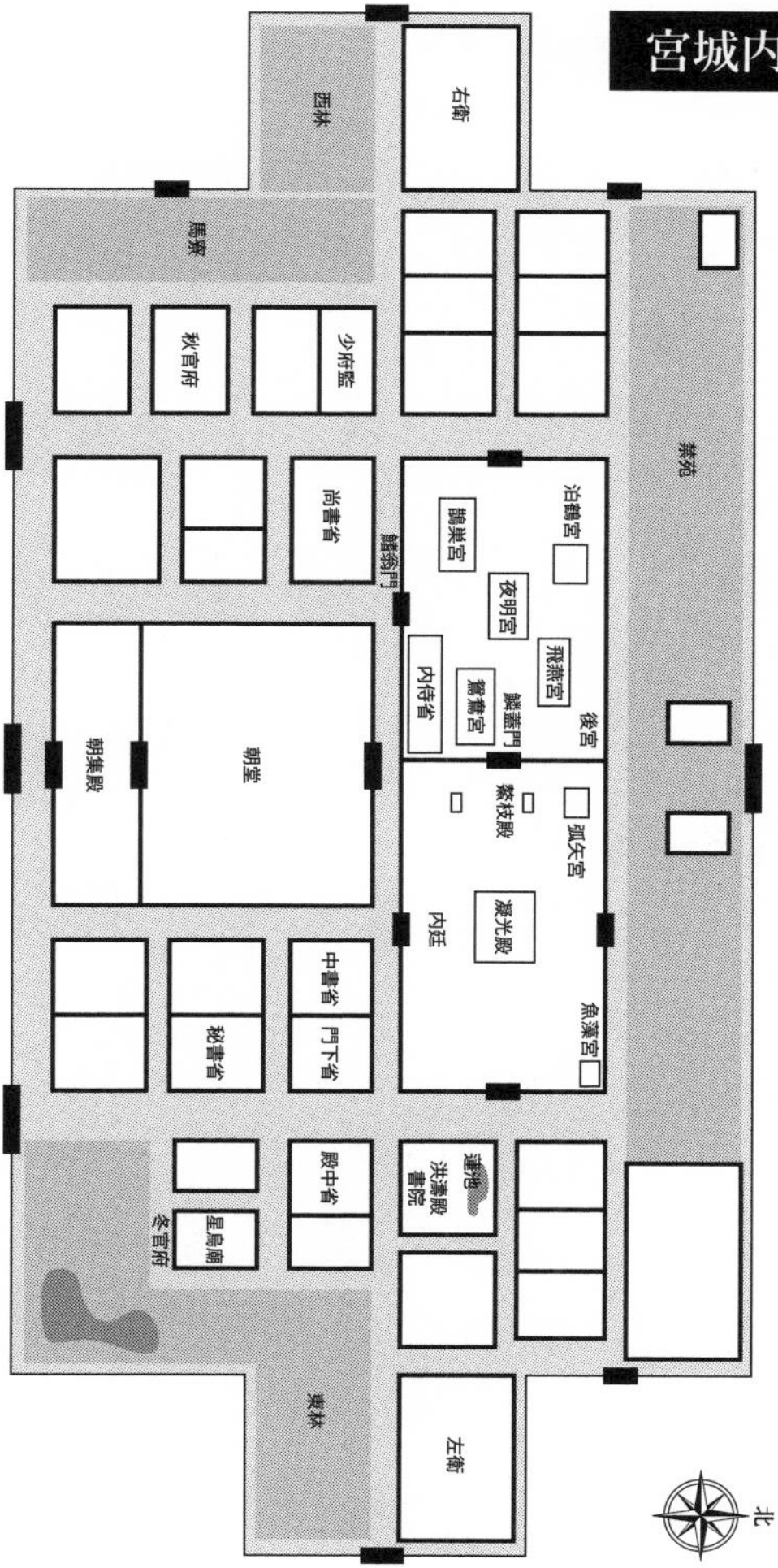

右衛
西林
馬寮
秋官府
少府監
禁苑
泊鶴宮
鵲巣宮
夜明宮
飛燕宮
尚書省
内侍省
鱗蓋門
後宮
弧矢宮
朝集殿
朝堂
凝光殿
内廷
中書省
門下省
秘書省
魚藻宮
殿中省
蓮池
洪濤殿
書院
星烏廟
冬官府
東林
左衛
北

イラスト／香魚子

暗雲

寿雪《じゅせつ》が高峻《こうしゅん》のもとにやってきたとき、海底火山の噴火を知らせる急使はまだ到着してはいなかった。

「界島《ジエとう》へ行く」

内廷《ないてい》の私室で令狐之季《れいこしき》からの報告書を読み終えたところだった高峻は、文《ふみ》を置き、寿雪の顔を眺めた。寿雪はひどく切羽詰《せっぱつ》まった、必死の顔をしていた。

「千里《せんり》からの文に、なにかあったか」

界島付近の海に、烏漣娘娘《うれんにゃんにゃん》の半身である黒刀が沈んでいるらしい。だから高峻は、千里と之季のふたりを界島へと向かわせた。

高峻のもとには、千里からの報告書も届いていた。千里ならば、寿雪へも文を書いただろう。

「界島の海に異変が起きておる」

「それは之季からの報告にもあったが」

「あの島は、境界の島なのだ」

「境界――というと」

「幽宮《かくれのみや》と楽宮《ささらのみや》の神の境界だ。海が荒れておるのは、楽宮の海神が荒ぶっておるからだ。なわばりを荒らすなにかがある」

いやな予感がする、と寿雪《じゅせつ》は言った。高峻《こうしゅん》はしばし黙考する。もともと、寿雪が界島《ジエ》へ行くのは決まっていたことだ。しかし――。

「界島には、白雷《はくらい》がいる」

高峻は之季《しき》からの文を寿雪にさしだした。そこに白雷がいたことが書かれてあった。

「つまりは、そこに鼇《ごう》の神もいるということだろう」

「それだ」と寿雪は言った。

「なわばりを荒らすもの。鼇の神だ。急がねばならぬ」

鼇の神が界島にいるのは、烏漣娘娘《うれんにゃんにゃん》の半身を狙ってのことか。ならば、急がねばならぬという寿雪の言い分もわかる。

だが、高峻はおなじように「急ごう」とは言えなかった。妙な胸騒ぎがしていた。いやな予感がする、というなら、高峻はむしろ、寿雪を界島へ向かわせることにこそ、いやな予感を覚えた。

「俺も行こう」

その声は、かたわらの椅子の背にとまった、星烏《ほしがらす》から聞こえた。中身は烏《からす》の兄、梟《ふくろう》である。「鼇の神がいて、烏の半身があるなら、そこが戦場になろう」

「戦場になっては困るが」

かつて烏漣娘娘《うれんにゃんにゃん》と鼇《ごう》の神が戦ったとき、島がひとつ沈んだ。界島《ジェ》がそんなことになっては困るどころの話ではない。界島は交易の玄関口で、国に大きな利益をもたらす要衝《ようしょう》である。霄《しょう》の者のみならず、異国の者も数多く居住している。

「梟《ふくろう》がいっしょに来ると言うておるのか」

寿雪《じゅせつ》が口を挟んだので、

「聞こえるのか？」

驚いて高峻《こうしゅん》は問うた。梟の声は、いままで高峻にしか聞こえなかった。

「いや、わたしは聞こえぬ。烏《からす》がそう言うからだ」

「烏――なるほど、烏と言葉が交わせるのか」

寿雪はうなずいた。

「私には烏の声は聞こえないが、梟の声は聞こえる。そなたはその逆か。手間はかかるが、意思の疎通が図れるな」

「それなのだが、ひとつ梟に頼みがある」

「烏からか？」

「いや、わたしからだ」

寿雪はふところから黒真珠の首飾りをとりだした。

「それは――」

「以前、梟《ふくろう》が……宵月《しょうげつ》が残していったものだ。人形の残骸」

梟が作った使い部《べ》の人形、宵月が崩れたあと、羽根が残った。それがひと晩たつと、黒真珠に変わっていたのだ。

「これでふたたび宵月を作れぬか？」

高峻《こうしゅん》は梟を見やる。梟は、「なるほど」とひとこと言い、つぎの瞬間には、黒真珠がはじけて羽根に戻っていた。羽根はひとところに集まったかと思うと、ひとの姿を形作り、見る間にそれは宵月の姿へと変じていった。つやのある長い黒髪に、陶器のように白くなめらかな頰、感情の見えない顔。前のときとおなじように、宦官《かんがん》の袍《ほう》に身を包んでいる。

「これならば、言葉が交わせる」

宵月が口をひらいた。

「それに、遠くにいてもたやすく連絡がとれよう」

寿雪《じゅせつ》がそう付け足した。なるほど、と高峻も思う。考えたものだ。

「では、界島《ジェ》へ宵月をつれてゆくということか」

「そういうことだ」

「待て」と宵月が手をあげた。「逆だ」

「逆？」高峻《こうしゅん》と寿雪《じゅせつ》の声がそろう。

星鳥が羽ばたき、寿雪のかたわらへと降り立った。宵月《しょうげつ》がそれを指さす。

「こうだ」

「梟《ふくろう》は寿雪とともに界島《ジェ》へ向かい、宵月が私のもとに残るという意味か」

宵月がうなずいた。

「そうでなくては、流罪《るざい》になってまでここに来た意味がない」

梟が幽宮《かくれのみや》を放逐《ほうちく》されることを選んだのは、妹の烏《からす》のためである。烏が界島へ向かうなら、梟もともに行くのが当然といえば当然だった。

「――わかった」

高峻としても、梟が寿雪のそばにいてくれたほうが安心だ。

「界島行きの手配をしよう。――衛青《えいせい》」

高峻は背後に控えていた衛青を呼ぶ。衛青は万事心得た様子で、「船の準備は整っております」と答えた。

「では、行く」

すぐにきびすを返そうとする寿雪を、高峻は呼びとめた。「寿雪」

寿雪は足をとめ、ふり向く。だが、高峻はつづける言葉を持たなかった。なんと言い表せばいいのだろう、この胸中に広がる不安を。

視線が交わり、寿雪《じゆせつ》はかすかに笑った。

「大丈夫だ」

それだけ言って、寿雪は部屋を出ていった。そのあとを星烏が追って飛んでゆく。高峻《こうしゆん》は、椅子の背に深くもたれかかった。大家《ターチャ》、と衛青《えいせい》が控えめな声をかける。

「お茶をご用意いたしましょうか」

「ああ……」

高峻は目を閉じ、息を吐いた。

——戻ってくるのだろう?

そう問うことが、できなかった。


寿雪は鴛鴦宮《えんおうきゆう》に立ち寄ってから、夜明宮《やめい》に戻った。慌《あわ》ただしく男物の袍に着替える。髪もほどいて、うしろでひとつに結んだ。

「九九《ジウジウ》、紅翹《こうぎよう》と桂子《けいし》をつれて鴛鴦宮へ行け。わたしがおらぬあいだ、おぬしたちのことは花娘《かじよう》に頼んである」

衣《ころも》をたたんで櫃《ひつ》にしまっていた九九は、驚いた様子で顔をあげた。

「あたしも娘娘《ニャンニャン》といっしょに界島《ジエ》へ行きます」

「だめだ」

寿雪《じゅせつ》の返答は短かった。九九《ジウジウ》は一瞬泣きそうな顔をしたが、すぐにきゅっと唇を引き結んだ。

「いっしょに行きます」

「九九――」

「危ないからやめとけって」と口を挟んだのは、淡海《たんかい》だ。「娘娘も俺たちも、おまえの面倒まで見れないぜ」

淡海と温螢《おんけい》は寿雪の護衛としてついてくる。それから、星星《シンシン》、梟《ふくろう》。淡海と温螢のふたりは、旅路《たびじ》の支度《したく》を急いでいた。

「面倒なんて見てもらわなくたっていいです」

「そうは言ったって、おまえな」

「だって、娘娘……」

九九はいったん言葉を呑みこみ、寿雪の目を食い入るように見つめた。

「ここでお別れしたら、もう二度と会えないような気がして」

「おい」淡海が眉をひそめた。「やめろよ。出がけに不祥《ふしょう》だろうが」

「いっしょに行くったら行きます」

九九《ジウジウ》は頑強に言い張る。どうしたものかと思っていると、厨《くりや》のほうから紅翹《こうぎょう》が現れた。九九を説得してくれるのかと思いきや、紅翹は寿雪《じゅせつ》の手をとり、懇願《こんがん》するように握りしめた。紅翹は口がきけない。ただじっと寿雪の瞳を凝視《ぎょうし》して、それから九九をちらりとふり返った。

「……つれていけと？」

寿雪が問うと、紅翹はこっくりとうなずいた。いつも九九をたしなめる紅翹にそう主張されると、寿雪は弱った。

「しかし――」

紅翹は首を左右にふる。

「つれておいき。旅に女手は必要だろうよ」

厨から桂子《けいし》が顔を出した。この老婢《ろうひ》は頑としてこちらに足を踏み入れようとはしない。桂子は布包みをさしだした。九九が受けとり、寿雪のもとに持ってくる。包みはあたたかく、ほのかに甘いにおいがした。九九が包子《パオヅ》のにおいだ。中身は蓮《はす》の実の餡《あん》だろう。寿雪の好物だ。

「麗娘《れいじょう》さまの言ったとおりだったね」

「麗娘《れいじよう》が……なにを？」

「烏妃《うひ》の呪いを解くのはあんただろうと」

——麗娘。

寿雪《じゆせつ》の脳裏に、麗娘の姿がまざまざと浮かんだ。

「あんたがきっと、すべての烏妃のかなしみを晴らしてくれると」

「……でも、わたしは麗娘の言いつけを守らなかった。ひとりでいられなかった」

「麗娘さまだって、ひとりじゃなかったさ」

桂子《けいし》はめずらしく、すこし笑った。

「あんたがいたからね」

それだけ言うと、桂子は厨へと引っ込んだ。桂子、とつぶやき、寿雪は布包みを見おろす。それを抱《かか》えると、ぬくもりが胸に移った。目を閉じると、麗娘の厳しくもやさしいまなざしがすぐさまよみがえる。

——麗娘。わたしは……。

目をあけると、寿雪は九九《ジウジウ》に告げた。

「ついてくるなら、袍に着替えよ。その格好ではつれてゆけぬ」

はい、と元気よく答える九九の声が響いた。

その知らせを耳にしたのは、水路を南へと下る船上でのことだった。

「噴火？」

「ええ。界島《ジエ》付近の海底火山だそうですよ」

水路の津《みなと》に停泊しているあいだに、淡海《たんかい》が噂を聞きこんできたのだった。

「界島へ渡るどころじゃないですね。いまも噴火がつづいているのかどうか、わかりませんが」

寿雪《じゆせつ》は胸を押さえた。いやな予感は、これだったか。

「高峻《こうしゆん》に……京師《みやこ》には、その知らせは届いておるのか？」

「急使が向かってるでしょう。もう到着してるかも」

「梟《ふくろう》」

寿雪は船の縁《へり》にとまっている星烏に呼びかける。星烏はぐるりと顔をこちらに向けた。

「届いているみたいだぞ」と、これは少女の声で応答があった。梟ではなく、烏《からす》だ。胸のうちで響いているような声でもあった。最初に烏の声が聞こえてから、昼夜の区別なく話しかけてくる。

「梟が、そう言ってる」

「なんと?」

「……知らせが届いて、慌ただしくなってる……帝《みかど》は臣下と話をしてる」

「千里《せんり》たちが無事かどうかは、わかるか?」

「そういう報告は、ない、と言ってる」

胃の腑《ふ》が締めつけられるようだった。

——噴火に巻きこまれておらぬとよいが。

「界島《ジエ》の……市舶使《しはくし》? と、連絡がとれないと……噴火で本土と界島が分断されて、島の状況がわからない」

寿雪《じゆせつ》はうなずいた。「わかった。では、わたしたちができるかぎり情報を届けよう。そう伝えてくれ」

星烏が目を細めた。

「承知した、と言ってる」

烏《からす》の声は寿雪にしか聞こえない。はたからは、寿雪が星烏に向かってひとりごとを言っているようにしか見えないだろう。船には寿雪たち一行しか乗っていないのでかまわないが。高峻《こうしゆん》が護衛にと寄越《よこ》した武官がふたりばかりいるが、彼らは船の前後に立ち、周囲を警戒していた。

「皐州《こうしゅう》の港まで行って、船が出せるようになるのを待つしかなさそうですね」

淡海《たんかい》が言う。皐州は界島《ジエ》の対岸で、そこから界島への船が出ている。

「皐州の港も混乱しているだろうな……」

温螢《おんけい》が表情を曇らせる。「足止めをくらった商人たちでごった返していそうだ」

「たしかになあ」

「噴火してるんでしょう？　みんな逃げてるんじゃありませんか」

九九《ジウジウ》が星星《シンシン》を抱え、不安そうにしている。

「海底火山だっていうからなあ」淡海は首をひねる。「本土の山が噴火したのとはわけが違う。海商《ハイシャン》にしろ漁師にしろ、噴火が鎮《しず》まれば、海に出たいだろうさ。それが商売なんだから」

だから、港で待っている。もちろん、逃げる者たちもいるだろうが。

「逃げたい者と、待つ者とで、なおのこと港は混乱していそうだな」

寿雪《じゆせつ》がつぶやくと、温螢がうなずいていた。

「皐州なら、軍府《ぐんぷ》がありますから府兵《ふへい》を出して収拾をつけそうですけどね。中央の軍を出すほどではないでしょうし」

淡海が言い、「よほどの混乱が生じないかぎりは」とつけ加えた。

それが生じなければよいが、と寿雪《じゅせつ》は行く手の空を眺め、憂《うれ》えた。

——よほどの混乱。

船が皐《こう》州の港に着くと、予想どおり、そこはひとで溢《あふ》れ返っていた。怒号に子供の泣き声、船へと急ぐ人々の足音、荷車の行き交う音でひどく騒がしい。船上から沖合を見れば、さがすまでもなく噴煙が目に入った。黒々とした煙が、雲のように湧きあがっている。妙なにおいも漂っていた。

九九《ジウジウ》と鳥たちを残してひとまず船から降りると、港の役人らしき男が駆けよってきた。

「お早いお着きで——」どうも、京師《みやこ》からの使者だとでも思ったらしい。舳《へさき》に皇帝直属の臣下であることを示す青い旒《りゅう》のついた旗が掲《かか》げてあるからだろう。誤解をとくのを高峻《こうしゅん》のつけた武官に任せ、寿雪はあたりをひととおり歩いてまわった。

噴火は沖合で、陸地からは遠いが煙もにおいも漂ってくるし、灰も降ってくる。海岸は黒っぽい石のようなもので埋め尽くされていた。砂浜に降りてその石を拾いあげてみると、大小の穴が空いており、軽くて力を入れるとすぐに砕けた。

「噴火で噴きあげられた石ですかね」と淡海《たんかい》も石を拾っては砕きながら言う。武官が追いついてきて、「噴火が起こったのは、五日前のようです」と告げた。

「五日もたって、まだ収まっておらぬのか」

噴火というものがどれくらいつづくものなのか、寿雪《じゆせつ》は知らない。

「一日で終わることもあれば、三月《みつき》も四月《よつき》もつづくこともあるそうです」

「そうなのか」

ずいぶん違いがある。この噴火は、どうなのだろう。

「長くつづいては、困ろうな」

「なにぶん、船が出せませんので……」

武官は眉をひそめて噴煙を見やった。この武官は体格こそ厳《いか》ついが、顔つきは柔和《にゆうわ》でひとあたりもいい。穏和な性質が表情に出ている。名を崔《さい》といった。もうひとりは、体格も顔つきもいかにも武官らしい厳めしさがあった。こちらは曾《そう》といった。

「烏妃《うひ》さまのご高名は皐《こう》州にも届いております。こんなところまで来てくださるとはありがたいと、役人がずいぶん感謝しておりますよ」

「なに？」

寿雪は崔の顔を眺めた。「おぬし、あの役人になにをどう申したのだ」

「いえ、私はなにも。ただ、役人は烏妃さまが噴火をお鎮めになると思ったようで、こちらも話を合わせました。そのほうが都合がよいかと」

「な──」

「いけませんでしたか」

──いや。

海底火山の噴火は、鼇《ごう》の神が楽宮《ささらのみや》の海神を怒らせたことによるのだとすれば、鼇の神を倒すことで怒りは鎮まる。ならば、結果的に、寿雪《じゅせつ》は火山を鎮めに来たということになろう。高峻《こうしゅん》にも伝えて、口裏を合わせておけばいい。

「皐《こう》州の刺史《しし》が、屋敷でお休みくださいとのことです。こちらにおられるあいだは、刺史の屋敷にご逗留《とうりゅう》なさるのが護衛の点からもよろしいかと存じます」

「……わかった」寿雪は噴煙を見つめ、崔《さい》に向かって片手をあげる。「ひとつ、刺史にも役人にも申しておけ。わたしは祀典使《してんし》という使職《ししょく》で、帝の命《めい》で噴火を鎮めに来たのだと」

崔は目をしばたたいたが、すぐに「承知いたしました」と揖礼《ゆうれい》した。血の巡りは悪くなさそうである。

『烏妃《うひ》』がひとり歩きしてもらっては困るのだ。寿雪は噴火を鎮めるつもりだが、それは烏妃だからではない。前王朝の生き残りだからでもない。手柄は高峻のものでないといけない。

──失敗すれば？

そのときは、寿雪《じゅせつ》が責めを負えばよい。ただそれだけのこと。もとより、失敗するつもりなどないが。

港の雑踏《ざっとう》のなかに戻り、武官の案内についてゆく。苛立《いらだ》った様子の海商《ハイシャン》が役人に食ってかかり、それをなだめるほかの海商がいる。役人に文句を言ったところで噴火は鎮まらない。そんなことは皆わかっているが、怒りの向けどころがないのだろう。役人もたいへんだな、と思いながら歩いていた寿雪は、つと足をとめた。右往左往《うおうさおう》する人々のなかに、呆然と立ち尽くしている青年がいる。その顔に見覚えがあった。顔色が悪く、ひどく疲れているように見えるが、あれは――。

寿雪は青年に近づき、横合いから声をかけた。

「おぬしは、沙那賣《サナメ》の……」名前はなんだったか。「長男ではないか？」

青年がふり向く。目をみはり驚いている青年のその顔色は、近くで見るとずっと悪い。船酔いでもしたのだろうか、あるいはなにか悪いことでも起こったか。

青年は寿雪に向かって揖礼する。その顔を眺め、寿雪は「顔色が悪い」と口にした。青年は頰を押さえる。船酔いではなさそうだ。

――名前は、たしか……晨《しん》。そう、晨だ。

晨《しん》は、高峻《こうしゅん》の命令で賀州《が》にいる父親、朝陽《ちょうよう》のもとへ行っていたはずだ。それがいまここにいるということは、日程からいって、京師《みやこ》へ戻る途中ということか。

——賀州で、なにかあったな。

「いま界島《ジエ》には渡れぬというので、皐《こう》州の刺史が屋敷に招いてくれておる。茶でももらおう」

高峻に急ぎ伝えねばならぬことがあるのなら、梟《ふくろう》を通して伝えるのが早い。寿雪《じゅせつ》はそう判断して、晨を誘った。それに、なにより。

「疲れたときは、茶を飲むのがよい」

彼には、あきらかに休息が必要に見えた。返答も聞かず寿雪は歩きだしたが、晨はおとなしくあとをついてくる。

刺史の屋敷は港からほど近くにあった。私邸ではなく、官舎だという。刺史は噴火に伴う対応に忙しく、手短な挨拶《あいさつ》だけで去っていったが、茶や酒に菓子、軽食がふんだんに運ばれてきて、丁寧《ていねい》にもてなされる。皇帝の使者だからだろう。

「皐州の刺史は切れ者と評判ですので、その点では安心でしょう」

と、崔《さい》が包子《パオツ》を頰張りながら言う。食べっぷりに案外、遠慮がない。寿雪は包子や菓子の入った器《うつわ》を晨の前に置き、茶をすすめた。

「あたたかいうちに飲め」

晨《しん》は黙って茶をすすり、両手をあたためるように杯を包みこんだ。

「朝餉《あさげ》はすんでおるのか？」

「いえ……」

「ならば、これを食べるとよい。甘いものは好きか？」

寿雪《じゅせつ》は竹の皮に包まれた粽《ちまき》をひらいて晨の前に置き、甘い糕《こう》を皿に盛る。かたわらで九《ジウ》九《ジウ》がものめずらしそうに寿雪を見ていた。

「娘娘《ニャンニャン》が他人のお世話をなさってる」

「わたしとて、世話くらい焼ける。おぬしや花娘《かじょう》を見ておれば」

「あ、たしかに花娘娘《ファニャンニャン》みたいですね」

茶を飲み、粽を食べるうちに晨の血色はよくなってきた。

「九九、晨に茶のおかわりをもらってきてやれ」

はい、と笑って九九が部屋を出ていき、寿雪は「梟《ふくろう》」と星烏を呼んだ。淡海《たんかい》の頭にのっていた星烏が飛んできて、隣の椅子の背にとまる。

「……それは、梟なのですか？」

晨がけげんそうに問う。

「いや、星烏だ」

そう答えると、晨《しん》はますますわからない、という顔をした。まわりに目を向け、考えるだけの元気が出てきたなら大丈夫だろう、と寿雪《じゅせつ》は晨を眺める。

「賀《が》州でなにがあった？」

晨の顔がこわばる。

「高峻《こうしゅん》に伝えることがあるならば、ここで話すのが最も早い。申せ」

「高峻……？」つぶやき、晨は「あっ」と口を押さえる。

「へ……陛下ですか。早いというのは、なぜ。いえ、これは陛下に直接——」

混乱した口ぶりの晨に、寿雪は「そういう術だと思えばよい。高峻が聞いておる」とだけ言った。細かく説明したところで、理解できないだろう。

はあ、と晨は困惑《こんわく》している。真面目《まじめ》で堅物《かたぶつ》な性質らしい、と寿雪は見てとる。

「わたしは皇帝直属の使者としてここにいる。祀典使《してんし》という使職だ。わたしが耳にしたことは高峻も聞き、高峻の言葉をわたしは伝えることができる」

「烏妃《うひ》さまが……、ここから急使を出してくださるのですか」

「まあ、その理解でよい。わたしの言葉は、高峻の言葉だと思え」

思ったよりも頭が固いな、と思いつつ、寿雪はうなずいた。

「では、急ぎ陛下にお伝えを。――沙那賣朝陽《サナメちようよう》は北辺《ほくへん》山脈の部族へ使者を出しました。使者は朝陽の次男、亘《こう》です。陛下には、それでおわかりになるはず」

寿雪《じゆせつ》は星烏を見おろす。星烏は眠たげに目をしばたたかせているだけだった。

「わかった、と」

烏《からす》の声がした。

「高峻《こうしゆん》が言っていると、梟《ふくろう》が。北辺山脈へは、羊舌慈恵《ようぜつじけい》が向かっている。大事には至らぬだろう……と」

寿雪は晨《しん》に目を戻す。

「わかった。伝えよう。北辺山脈へは塩鉄使《えんてつし》の羊舌慈恵が向かっておる。慈恵はあちらに人脈があるゆえ、うまくやるだろう。そう案じることもない」

「亘を」

晨は額《ひたい》を押さえ、うなだれた。

「亘を、助けていただけますか。弟を……」

「――慈恵に任せておけばよかろう」

それは高峻の言葉ではなく、寿雪の言葉だった。亘が北辺山脈への使者に発《た》ったのは、反乱をうながすためなのだろう。死罪に相当する。高峻からの返答はなかった。

「沙那賣《サナメ》は滅ぶと、亘《こう》は申しておりました。私もそう思います。──私のせいです。私が生まれたせいで、沙那賣は潰《つい》える」

晨《しん》の顔はまた青ざめてゆく。寿雪《じゆせつ》は眉をひそめた。

「おぬしのせい？　なにゆえ……」

「私は──母と思っていたひとの子ではありませんでした。父の愛した女の息子です。父がただひとり、愛した女の」

誰のことだ、と問うのを、寿雪はためらう。晨の様子は尋常《じんじよう》ではなく、それ以上訊《き》くことを拒《こば》んでいた。

「それがすべての過《あやま》ちのはじまりです。そこからきっと、道を違《たが》えてしまった」

晨の声は震えている。怒りなのか、かなしみなのか、悔恨なのか、屈辱なのか、そこにある感情はわからない。

なるほど、と烏《からす》の声がする。高峻《こうしゆん》の言葉をそのまま伝えている。

「……それでわかった……朝陽《ちようよう》の矛盾《むじゆん》が」

──どういうことだ？

烏が、高峻の言葉をつづける。

「朝陽は沙那賣が生きながらえるために朝廷とは距離を置くと言いながら、こちらに食いこみ過ぎていた。妃《きさき》をさしだし、はかりごとを巡らせ……やり過ぎだ。言っていることと矛盾する」

――たしかに……。

「晨《しん》のためだったのだろう。栄華《えいが》を与えたかったのだ。最愛の女の息子に」

栄華。それを晨に？　寿雪《じゅせつ》は晨を見つめる。

「……だが、それは晨のせいではない」

口に出すと、晨が顔をあげた。

「朝陽《ちょうよう》の勝手だ。沙那賣《サナメ》が滅びるとしたら、朝陽の勝手で滅ぶのだ。父の勝手をおぬしが背負う必要はない」

晨は寿雪の瞳を見つめ返し、じっと思案しているようだった。

「寿雪、晨に伝えよ――と、高峻《こうしゅん》が言ってるぞ」

烏《からす》が言う。

「賀《が》州へ戻れ。朝陽に隠居と蟄居《ちっきょ》を命じる、と。いまこのときより、沙那賣の長《おさ》はそなただ」

寿雪は、そのとおりに晨に告げる。

「それは……」晨は戸惑《とまど》うように視線を揺らした。

「これしかあるまい。いまならまだ間に合う」

高峻《こうしゅん》が示したのは、朝陽《ちょうよう》がひっそりと罰を受けることだ。温情だろう。懐妊中の晩霞《ばんか》を考慮してか。

「おぬしとて、沙那賣《サナメ》を族滅《ぞくめつ》させたいわけではなかろう」

「それで、陛下がお許しくださるのですか」

「そうだ。わたしが請《う》け合う」

晨《しん》は席を立つと、寿雪《じゅせつ》に向かって膝《ひざ》をついて拝礼した。

「承知いたしました。ただ、ひとつだけ」

「なんだ」

「沙那賣の長は、次男の亘《こう》か、三男の亮《りょう》に譲ることをお許しいただけませんか」

「亮……」

「亮はいま、京師《みやこ》におります。私では結局、沙那賣を滅ぼしてしまいますので」

「どういう意味だ」

「私は妻《めと》を娶りません。妾《めかけ》もです。子がおらねば、血は絶えます。当主は弟に」

寿雪はけげんに思ったが、晨の決意は固いようだったので、「わかった」とうなずいた。

高峻からも、「それでいい」と返ってくる。

「賀《が》州のほうには船が出ているようですので、いまから向かいます」

すぐにでも部屋を出そうな晨《しん》に、

「すこし休んでからでよかろう」

と寿雪《じゆせつ》は言ったが、彼はかすかに笑みを浮かべて首をふった。

「ありがとうございます。あなたのおかげで、すこしばかり気が晴れました」

「すこしばかりか」

「一生、気が晴れることはありますまい。私は父の罪の証《あかし》ですから」

晨は傷口から血が噴き出したかのような顔をした。

「私の母は、父の妹です」

それだけ言って、晨は部屋を出ていった。寿雪はとっさに飴《あめ》菓子を手巾《しゆきん》にくるみ、そのあとを追った。

「晨」

足をとめた晨がふり返る。寿雪はその手に飴菓子をくるんだ手巾をのせた。

「……晩霞《ばんか》が案じておるだろうから、また会いに行ってやれ」

晨の顔がゆがむ。

「気をつけて行け」

答えはなく、ただ嗚咽《おえつ》だけが冷えた廊下に響いた。

「界《ジェ》島へ渡ることは、まったくできぬのか？」

屋敷を出て、寿雪《じゅせつ》は港町へと足を向けた。そこには海商《ハイシャン》もいれば水手《かこ》もいる。いずれも暇《ひま》を持て余している様子で、酔い潰《つぶ》れたり軒先で碁《ご》を打ったりしている。花街《かがい》は繁盛《はんじょう》しているようだった。

「噴火しているあたりを迂回《うかい》しては……」

「海流ってもんがありますからね」

淡海《たんかい》が言う。

「水手が無理と言うなら、無理なんでしょう」

「たしか、速い潮の流れが島の南から西側を通っていて、北側で阿開《アケ》からの海流とぶつかるんだそうですよ」

温螢《おんけい》が説明する。水手から聞いたのだという。

「ぶつかった海流は、南に押し下げられて島の東を流れてゆく。つまり界島は速い潮の流れに囲まれていることになりますね。下手《へた》をすると、その流れにのって沖合まであっというまに運ばれてしまうそうで」

「じゃあ、潮の流れを読める者でないとだめなわけだ」

闇雲に船を漕《こ》ぎ出しても、島には着けないということか。

「しかし、このままでは埒《らち》が明かぬ」

町を抜け、岬に出る。噴煙が見えた。ぬるい風が吹きつける。これは噴火のせいではなく、もともとこのあたりは冬でも温暖なのだそうだ。

――冬の潮風は寒かろうと用心しておりましたが、界島《ジエ》は京師《みやこ》よりも温暖で、ずいぶん過ごしやすい気候です……

そう文に書いてきた千里《せんり》の筆致《ひっち》が思い起こされて、寿雪《じゅせつ》はきゅっと唇を嚙みしめた。

「娘娘《ニャンニャン》、焦《あせ》ってもしかたありませんよ」

淡海《たんかい》が慰《なぐさ》めるように言うが、寿雪は返答できずに噴煙をにらんだ。

「烏《からす》、噴火を鎮められぬか」

寿雪は己《おのれ》の内に呼びかける。

「あれは楽宮《ささらのみや》の海神が怒っているから、手出しすればよけいに怒る」

「……」

「白鼇《しろかめ》相手なら、負けないけれど」

「では、鼇《ごう》の神を倒そう。そうすれば海神の怒りも収まろう」

「半身があちらの島にある」

「え？」

「半身は界島《ジエ》にある。わかる」

「──つまり、界島に渡らねば、倒せぬと」

烏《からす》はしばらく黙っていた。倒せぬと答えるのがいやなのかもしれない。

「白鼇《しろかめ》はたぶん、いまは出てこない。そういうやつだから」

「どういうことだ」

「自分が勝てると思わないと、出てこない。罠《わな》を張って、おびきだす。卑怯《ひきよう》だから」

寿雪《じゆせつ》は、すこし考える。

「それは、卑怯というより、手段であろう」

烏はまた黙る。淡海《たんかい》の肩にとまった星烏が羽をばたつかせた。梟《ふくろう》がなにか言ったらしい。

「……梟も、そうだと言ってる。わたしが馬鹿なだけだと」

「まあ、そこまでは言わぬが。梟は口が過ぎるな」

「やっぱり」

烏はやや気分をよくしたようだった。人間とは違うからか、烏の扱いは難しい。責めれば気落ちするし、庇《かば》えば調子に乗る。情緒《じようちよ》は不安定で、すぐ怒り、泣く。なんだかんだで、梟《ふくろう》に任せておくのが正解のようだった。

寿雪《じゅせつ》は噴煙を見あげ、思案する。

「烏《からす》は、半身を取り戻さないといけない。半身は、界島《ジェ》にある。そちらに行こうにも、噴火で船が出ない。噴火を鎮めるには鼇《ごう》の神を倒さねばならぬが、倒すには半身を取り戻さねばならぬ……堂々巡りだ。噴火を鎮めて界島に渡らぬことには、どうにもならぬな」

「梟が」

「え？」

「梟が、どうにかすると言ってる」

「……どうにか、とは」

「噴火を鎮める方法。梟は、わたしより頭がいいから」

自覚はあるらしい。

「完全に鎮めるのではなく、すこしのあいだ、抑える、と言ってる。そのあいだに海を渡れと」

「なるほど」

――では、渡してくれる船をさがさねば。

水路をくだってきた船はだめだ。あの船の水手《かこ》たちは界島へ渡る者たちではないので、潮の流れがわからないだろう。本土と界島《ジェ》を往来《おうらい》する船を操る水手《かこ》でないと。

「界島へは、ふだん乗合船《のりあいぶね》が出ているのだったな」

寿雪《じゅせつ》は淡海《たんかい》と温螢《おんけい》をふり返った。

「これから、噴火がしばし収まるときが来る。そのあいだに界島へ渡りたい。刺史に船を出す用意をするよう、伝えてくれ」

承知しました、とふたりは揖礼《ゆうれい》し、町へと駆けていった。星烏が飛び立ち、海へとはばたいてゆく。その姿が遠ざかるのを、寿雪はずっと眺めていた。

「刺史は、船は出せぬと申しております」

寿雪のもとに戻ってきた温螢が、そう報告した。

「なに？」

「界島への往来船は官のもの、つまりは大家《ターチャ》のものですので、いくら皇帝直属の使いといえど、不確かな情報のもとに、船と水手を損《そこ》なう恐れのある真似はいたしかねると」

界島と皐《こう》州とを往来できるすべを持つ水手は貴重だそうで、と付け足す。

「噴火が確実に収まり、安全に航海できると判断できたら出すとのことです」

「……たしかに、しばし噴火が収まるときが来る、などと言われても信用はできぬか」

高峻《こうしゅん》ならそれで通じようが、と思うが、それは高峻と寿雪《じゅせつ》の間柄だからである。

「梟《ふくろう》がいつまで抑えこんでくれるのかも、わからぬしな……危険には違いない」

――どうしたものか。

「淡海《たんかい》がいま、海商《ハイシャン》や漁師をあたって、船を出してくれる者をさがしております。海商にしろ漁師にしろ、肝《きも》の据わった豪放な者が多うございますから、協力してくれる者はきっとおりましょう」

「そうか。ならば、わたしもさがしてみよう」

「いえ、娘娘《ニャンニャン》――」

温螢《おんけい》がとめる前に、寿雪は歩きだした。急がねばならない。梟がいつ噴火を抑えこみ、それがいつまでもつかわからないのだから。

町へ戻ると、脇道から淡海が駆けよってきた。

「こりゃ、だめですねえ。いかんせん、海底火山の噴火なんてはじめてでしょう。船も水手《かこ》も大事な商売物ですから、みんな渋っちまって」

「それを説き伏せるのがおまえの役目だろうが」

温螢があきれ気味に言う。

「いやいや、まったく手応《てごた》えのない相手に説得は無理だって。いくらかやる気の相手に交渉するならともかく」

「言い訳には弁が立つ……」

ため息をつく温螢《おんけい》に、淡海《たんかい》は「じゃあおまえが行けよ」と文句を言っている。

「船だけならまだしも、水手《かこ》がいるからな」寿雪《じゅせつ》は考えこむ。淡海の言うことはあたっている。交渉する余地がある相手なら、楽なのだ。説得している猶予《ゆうよ》はない。

「烏妃《うひ》さま」

ふいに武官たちが小さな声で呼びかけ、身構えた。温螢と淡海も表情を引き締める。男がひとり、近づいてくる。あきらかにこちらを目指していた。わかりやすくそう見せることで、敵意のないことを示しているのだろう。五十代くらいの上背《うわぜい》のある男で、不機嫌そうにむっつりと唇を引き結び、まなざしも冷ややかだ。足どりはゆったりとして、身なりもいい。顔つきは怜悧《れいり》な官吏《かんり》のようだが、これは商人だろう、と寿雪は見当をつけた。商人は愛想のいい者ばかりではない。

「――柳《りゆう》、寿雪どのとお見受けする」

男は武官たちのすこし手前で立ち止まり、寿雪に向かってゆっくりと話しかけた。低く冷たい声だったが、険のない、やわらかさを持っていた。涼やかと表せばいいのか、と思ったところで寿雪は、そういうひとを知っている、と気づいた。

——花娘《かじょう》。

男は寿雪《じゅせつ》に向かって丁寧に揖礼した。

「船と水手《かこ》をおさがしだと耳にしました。よろしければ、当家がご用意いたしましょう」

「おぬしは——」

「海商《ハイシャン》です。あなたさまとは、いくらかご縁もございますので」

「花娘か」

男は口もとにすこし笑みを浮かべた。

「花娘の父、雲知徳《うんちとく》でございます。花娘がお世話になっているようで」

「逆だ。わたしが世話になった」

「あれは年下の世話を焼きたがる娘ですから、それでよろしいのです」

ほのかにやさしさのにじむ口ぶりに、寿雪は意外な気持ちになった。花娘から聞いた限りでは、なんとなく、娘に関心のない父親なのかと思っていた。そうではないようだ。

「船の準備はすでに整っております。とはいえ、噴火が収まらねば出すに出せませんが」

「収まるときが来る。必ず」

知徳はうなずいた。

「いいでしょう。では、船へ」

くるりときびすを返し、知徳《ちとく》は港へ向かって歩きだした。寿雪《じゅせつ》は空を仰ぐ。噴煙は雨雲のように濃く漂い、空は暗い。

――頼んだぞ、梟《ふくろう》。

薬湯《やくとう》のにおいがする。之季《しき》が厨《くりや》をのぞくと、昭氏《しょうし》が竈《かまど》に据えた鍋に薬草を投じていた。匙《さじ》を手に、昭氏は之季をふり返る。

「董《とう》の様子はどうだい」

「熱はさがってきたようです」

「なら、もう大丈夫だ」

「昭さんの薬湯がよく効いたんでしょう。ありがとうございます」

「寝床《ねどこ》がいいんだよ。それがいちばんだ。序《じょ》家の当主もいいとこがあるもんだ」

笑みを返し、之季は部屋に戻る。寝台に千里《せんり》が寝かされている。かたわらに衣斯哈《イシハ》が座り、千里の額にのせた手巾を盥《たらい》の水に浸《ひた》しては、たびたび取り替えていた。

ここは海商《ハイシャン》の序家の屋敷だった。海底火山の噴火に巻きこまれて海に放りだされた之季たちは、海燕子《ハイイエンツ》に助けられたあと、ここに運びこまれたのだった。正確には海燕子は顔なじみの昭氏に知らせて、昭氏が序家の戸をたたいたのだ。

昭氏《しょう》は界島《ジエ》の巫婆《みこ》の一族だった老婆で、序家《じょ》は零落《れいらく》した海商《ハイシャン》である。昭氏も序家の当主も、之季《しき》と千里《せんり》が界島に着いた日に会ったひとたちだった。

之季は運ばれる途中で意識を取り戻したし、棵《ちょう》も半日ほどで起きあがれるようになったが、千里だけはずっと高熱がつづいて危うかった。もともと病弱な体質で、海水で体が冷えたのが悪かったらしい。今日になってようやく熱がさがってきて、ほっとしている。

棵は市舶使《しはくし》の部下なので、元気になるとすぐ市舶使のもとへ戻っていった。ときおり千里の様子の確認と、噴火にかかわる報告にやってくる。噴火で本土と分断されてしまい、連絡がとれていないという。船で島の反対側からうまく潮流に乗って、迂回するかたちでなんとか連絡をとる予定らしいが、それにはかなりの日数がかかるだろう。伝書鳥を使う手もあるが、噴煙でたどり着けるかどうかあやしい。噴火というのは、厄介である。

「漁師などは、軽石のせいで漁ができきんと困っとります。海面が覆《おお》われてしもうとるんです。船は出せても、網が使えんでしょう。どうしたもんかねえ」

などと、棵はぼやいていた。棵は阿開《アケ》の海人《あま》で、持衰《じさい》という巫《ふ》でもあったという。

之季は屋敷を出て、岬へと向かった。潮風が吹きつけてくる。岬の突端に少女が佇《たたず》んでいた。阿兪拉《アユラ》だ。結っていない長い髪が、風に巻きあげられるままになっている。

「……白雷《はくらい》は、どこにいる？」

阿兪拉《アユラ》がふり返る。黒々とした瞳が之季《しき》を見あげた。

「白雷《はくらい》だ。どこにいるか、知らないか?」

ゆっくりとした言葉で問い直すも、阿兪拉はじっと之季を見つめ、首を横にふるだけだった。『知らない』なのか、『教えない』なのか、わからない。

白雷は目下《もっか》、行方《ゆくえ》不明だ。噴火後、島から船は出港できていないから、島内にはいるのだろう。

海岸に流れ着いた之季たちを見つけたのが、白雷だということは聞いている。だが、之季が人心地ついたときにはもう、姿を消していた。以後、誰も彼を見ていない。

之季は白雷のおかげで助かった。助けようという意思が彼にあったのかは、不明だが。

――そうでなければいい。

他人を助けようなどという気持ちを持つ人間だと、思いたくない。あれは妹の仇《かたき》であって、まともな人間ではない。

「そのひとが」

阿兪拉が指をさした。之季の袖《そで》のあたりに向かって。

「知らせたんだよ、おじさんに」

之季の袖は、妹の幽鬼がつかんでいる。その白い手だけが、ときおり之季にも見えた。

「おじさん、というのは、白雷《はくらい》のことか。知らせたとは……」

「助けて、って。あなたのことを助けてって、呼んだの」

息がつまる。之季《しき》は思わず袖を押さえた。

――小明《しょうめい》！

胸のうちで妹の名を呼ぶ。呼吸が荒くなり、之季は膝をついた。

「なぜだ……」

土に爪を立て、うめく。どうして、そんな。

――どこでどうひとがつながって……

千里《せんり》の声がよみがえる。

――どこでどうひとがつながって、助けになるか、わからぬものです。つながって、つづいてゆくのだと……

あのとき、之季はこう尋《たず》ねた。――それは、生きている者だけですか、と。千里はやわらかなまなざしをして、答えた。

――いいえ。死者も、また。

「神さまも、さがしてる……」

阿兪拉《アユラ》がつぶやく。小さなその声は潮風にまぎれて、之季の耳には届かなかった。

「おじさんが、烏《からす》の半身を、持っていってしまったから……」

白雷《はくらい》は山中の道を歩いていた。序《じょ》家からはもうずいぶん遠ざかった。海からもだ。

界島《ジエ》は平地がすくない。わずかばかりの平地や緩《ゆる》やかな傾斜地はいずれも港町になっており、それ以外は山、また山である。山の端《は》は波に削られ切り立った崖となり、そこにまた海食によって洞窟ができたり、変わった形の岬ができたりする。崖に剝《む》き出しになった山の断面は、白かったり、赤かったり、あるいは模様を成していたりと様々で、界島の地質と潮流は、海岸部に独特の景観を作り出している。

山中には、あちらこちらに採石場である石丁場《いしちょうば》があった。界島は石材の宝庫でもある。壁や階《きざはし》、石棺《せきかん》までさまざまなものに用いられる硬質岩、軟質岩。これらは水につけると青みを帯び、滑りにくくなるという特性のために、珍重《ちんちょう》された。おもに浴場の床材として使われるという。さらには玻璃《はり》の材料となる珪石《けいせき》、明礬石《みょうばんせき》の採《と》れる鉱山もある。海商《ハイシャン》の交易のはじまりは、それらの石であった。

切り出された石は、石曳道《いしびきみち》といって、石材を搬送するための道で港まで運ばれた。いま白雷が行く道がそれである。港まで運ばれた石は、そこから船で霄《しょう》の本土へ、あるいは異国へと渡っていった。

　石丁場のなかには、もう使われていないところもある。石を採り尽くさぬためだったり、あるいは採り尽くしてしまった跡だったりした。白雷《はくらい》は、使われなくなって久しい様子の石丁場に足を踏み入れた。採石したものの不要になったのか、作業主の印が刻まれた大きな石がごろごろ転がっている。白雷は石のひとつに腰をおろした。片手には、刀が握られている。鞘《さや》もない抜き身の、黒い刀だった。

　白雷は黒刀を目の前にかかげ、刀身を眺める。漆黒《しっこく》の刀身に、己の顔が映りこんだ。と、そこにひとりの少女の姿がよぎり、はっとして背後をふり返った。誰もいない。ため息をついて、ふたたび刀身を端から端まで眺めた。異様な輝きに満ち、尋常でない神力を感じる。かつて手にした、沙那賣《サナメ》一族の神宝《かんだから》のような。

　──どうして、あの場を離れたのだろう。

　逃げるように。いまもだ。

　これがおそらく、烏漣娘娘《うれんにゃんにゃん》の半身だ。鼇《ごう》の神がさがせと命じていたもの。阿兪拉《アユラ》を通じて告げられた言葉が脳裏をよぎる。烏《からす》の半身を見つけろ、さもなくば阿兪拉も衣斯哈《イシハ》も食らってやる……明確な脅《おど》しだった。余裕のない脅迫だ。

　さっさとこれを鼇の神にさしだせばいい。それで終わりだ。白雷たちは助かる。そう思うのに、白雷はいま、逃げている。

——悪い予感がするからだ。

そして、白雷《はくらい》のそうした予感は、いつもあたる。

白雷は立ちあがり、林のなかへと消えていった。

＊

雪を踏みしめる音だけが、やけに大きく聞こえてくる。深呼吸をすると喉《のど》が凍りつきそうで、亘《こう》は浅い息をくり返した。それでも喉や鼻が痛い。瞼《まぶた》もひりつく。雪がやんでいるだけ、ましか。

「どれだけ奥地の山でも、ひとが住んでおれば、そこの道は海まで通じておる。なぜか——」

前を歩く慈恵《じけい》が、そう亘に問いかけた。亘はおしゃべりをする余裕などなかったが、しかたなく口をひらいた。

「……塩がいるからでしょう」

「そのとおり。山に住む者は製塩に使う薪《まき》と引き換えに、海沿いに住む者から塩を得た。海沿いに住む者というのが、われら羊舌《ようぜつ》というわけだ」

最初こそ丁重《ていちょう》だった慈恵《じけい》の口調は、ともに過ごすあいだに、ずいぶんくだけている。もともと、磊落《らいらく》なたちのひとらしい。

北辺《ほくへん》山脈の麓《ふもと》の市場で遭遇した慈恵に頼みこみ、亘《こう》は山に住む部族のもとへ一緒に連れていってもらうことにした。北辺山脈の部族は山奥に住んでおり、はじめて訪れる者は案内がなければ集落までたどり着けない。もう峠をひとつ、ふたつ越えただろうか。のぼりくだりをくり返し、日が暮れれば杣小屋《そまごや》に寝泊まりし、集落のある山にようやくさしかかったところである。

「こうした道は、塩木《しおぎ》の道という」

足もとを見おろし、慈恵は何度か雪を踏みしめた。きゅっと雪が鳴る。

「製塩に使う木を運んだから……？」

「さよう。船木道《ふなきみち》というのもある。こちらは船を造るのに使う木を運んだ道だな。山の木々はいろんなものに使われる。炭にもなるし、木地物《きじもの》にもなる」

老齢に見合わず屈強な体つきの慈恵は、話しながらも息を乱さず歩いている。亘は日々鍛えているつもりだったが、雪の山道というのは、さすがにこたえた。慈恵のすすめに従い、子羊の裘《かわごろも》に毛織物の衣、貂帽《ちょうぼう》に氂牛《ぼうぎゅう》の靴をそろえたおかげで、凍《こご》えることはない。しかし、そのぶん体が重くなり、よけいに体力が奪われる。慈恵は亘に合わせて歩を緩め、ときおり休憩を挟んだ。

慈恵《じけい》の前には塩俵《しおだわら》をくくりつけた麓牛がおり、それを引く運搬夫がいる。山から町へ、町から山へと物を運ぶのは、それを専《もっぱ》らにする運搬夫である。山に住む者たちは、売り買いのたびにいちいち町へ下りたりしない。

慈恵は己の従者たちを麓の町にとどめ、亘《こう》と連れ立って山に入った。亘も従者を置いてきた。雪道を行くのは慈恵と亘、運搬夫と麓牛のみである。慈恵は運搬夫をさきに行かせて、「ゆっくり行こう」と亘に言った。

「轌《そり》は使わぬものなのですか」

どんどん遠ざかってゆく運搬夫と麓牛を眺め、亘は問う。雪道ならば、荷を運ぶのは轌のほうが楽だろうに、と思ったのだ。

「このあたりでは、あれは春先に使うものだ。冬のあいだは使わぬ。冬場の雪は、湿り気がなくてやわらかいのでな、轌は滑らず、沈んでしまう。砂のようなものだ。春先に降る雪は凍る。そうなると、轌は滑る。雪道も幾分、歩きやすくなる」

たしかに、いまは一歩一歩が深く沈みこむ。歩くのに難儀しているのも、このためだ。

「春先になれば、轌で木々を川まで運び、そこから河口の町まで流す。それまでは家に籠《こ》もって、木地物でも作るほかない場所だ。あたたかな平地の暮らしとはなにもかもが違う」

慈恵《じけい》はちらりと亘《こう》をふり返る。

「そこを踏まえて交渉せねば、話のひとつも聞いてもらえまいよ」

亘は苦笑を浮かべた。

「この地では、絹など無用のようですね」

「着る場がなかろう。追い返されぬうちに、賀州《がしゅう》へ帰ったらどうだ」

「交渉もせずに帰るわけにはまいりません」

慈恵は眉をひそめた。不快げな表情ではなく、痛々しいものを見る瞳をしていた。亘は目を伏せ、雪を踏む足音だけに耳を澄ました。

ふたりの言う『交渉』というのは、商《あきな》いの話ではない。おたがいそれはわかっているが、はっきりと口にはしなかった。

亘には、慈恵の腹の内がいまいち読めていない。慈恵は言わずと知れた前王朝・欒《らん》氏の重臣であり、北辺《ほくへん》山脈は欒氏の故郷である。前王朝の遺児の存在があきらかになったこの時期に、北辺山脈の部族と接触しようというのなら、そこにはなんらかの思惑《おもわく》があると考えていいだろう。その『思惑』が、亘には計りかねた。それをさぐるために、同行を願い出たのだ。

最も妥当《だとう》なのは、遺児を擁《よう》してともに決起をうながすというものである。しかし、これは妥当ではあるが無謀である。ときに無謀であっても挙に出る手合いはいるが、慈恵《じけい》と接した亘《こう》は、彼がそんなたぐいの人間には思えなかった。よくも悪くも、聡《さと》いひとだと思う。忠義のために、一族郎党を巻きこんで愚行を犯すひとではない。

——そう、愚行なのだ。

愚行以外のなにものでもない。遺児がいたからといって、反旗を翻《ひるがえ》すなどと。反乱は追随《ついずい》する者がなくば、すぐに鎮圧される。追随する者は、いまの王朝が倒れて得をする者である。先帝の代ならいざ知らず、塩商《えんしょう》をはじめ、今上帝《きんじょうてい》を失えば損をする者のほうが多い。すでに皇帝は官府《かんぷ》や節度使《せつどし》に警戒させているだろうし、兵を挙げてもすみやかに対処されるのは目に見えている。単発の小さな反乱など、のろしをあげただけに等しい。

それでも朝陽《ちょうよう》が亘を北辺《ほくへん》山脈に向かわせたのは、のろしをあげさせるだけでじゅうぶんだからである。それだけで、遺児の首を刎《は》ねる理由になる。いまの皇帝の妨《さまた》げになる遺児の処刑こそ、朝陽の目的だった。

反乱が起きればかかわった亘は死罪だろうし、北辺山脈の部族にその気がなければ、交渉を持ちかけた時点で亘は殺されるかもしれない。いずれにしても、死地である。

——沙那賣《サナメ》とて、無事ではすむまい。

次男がかかわっておいて、知らぬ顔は通らない。どう考えても父は読み違えている、と亘《こう》は思う。思いながらも、従った。

——そうまでして、父に認められたいか。

亘の命など、なんとも思っていない父親に。自嘲《じちょう》する。いちばん愚かなのは己だと、亘もわかっている。軽んじられているがゆえに、なおのこと、認めさせたいのだ。それがどれだけ馬鹿馬鹿しく、無駄なことだとわかっていても。

「見えてきたぞ」

慈恵《じけい》が足をとめ、前方を指さす。雪に包まれた集落が見えた。木を伐《き》って拓《ひら》いた緩やかな斜面に、家々が固まって建ち並んでいる。どの家も、斜面に石を積んで平らにならした上に、木を井桁《いげた》に組んで壁を造り、茅《かや》で屋根を葺《ふ》いていた。なかでも一軒、奥まった高台に建っている家はいくつもの棟《むね》を組み合わせた屋敷で、ひときわ大きな構えだ。

「あれが有昃《ゆうそく》氏の長《おさ》の屋敷だ」

亘は息を吸いこみ、気を引き締めた。

「いまは集落あげて雪かきの真っ最中だろう。このあたりでは雪掘りと言うが。かくどころの話ではないのでな。邪魔をせんようにな」

「さほど大きな集落ではないのですね」

「有昃氏《ゆうそく》の集落はここだけではない。それでも、昔よりはすくなくなったがな。それは有昃氏だけではなく、どこの部族でもそうだ」

北辺《ほくへん》山脈に暮らす部族は、ぜんぶで六つほどだと聞いている。有昃氏はそのなかで最も大きな部族だというから、ほかに集落があるとはいえ、頭数は北辺山脈の部族すべて合わせても知れた数だろう。

「……界島《ジエ》の噴火を、彼らはどう思うでしょうね」

その知らせは、数日前に得ていた。おそらく慈恵《じけい》たちが有昃氏のもとに知らせを届ける最初の者になるだろう。慈恵はそれをどのように知らせるか、どう利用するのか。亘《こう》は横目に慈恵をうかがった。

「本土の火山噴火ならともかく、離れ島の海底火山の噴火だからのう。さほど関心を持つまい」

平淡に述べる慈恵の顔から、思惑は読みとれない。もし慈恵が反乱の誘いをかけに来たのでなければ、考えられるのはあとひとつ。

――さぐりを入れに来た。

亘は、そちらのほうがあり得ると考えている。慈恵は皇帝じきじきに塩鉄使に任じられている。それだけ信頼が厚いということだ。おそらく慈恵《じけい》は皇帝と面識があり、親しい仲なのだろう。となれば、皇帝の命《めい》で北辺《ほくへん》山脈の動向をさぐりに来たと見るべきだ。前王朝の重臣というのは忘れたほうがいい。

そうなると、慈恵は亘《こう》をどう思い、どう扱うだろう。亘が反乱を煽動《せんどう》しに来たことはすでに見抜かれている。すぐに捕らえるより、泳がせて北辺山脈の部族の様子をうかがったほうが得策と思われているのか。亘ならそう考える。

――そう思って、動いたほうがいいか。いや、しかしそれでは……。

胸の内がちりちりと焦《こ》げるような、焦燥《しょうそう》と不安を覚える。思惑の見えない慈恵の存在が亘の胸中を乱し、判断を鈍《にぶ》らせていた。

「亘どの」

さきに歩きはじめていた慈恵が、ふり返り、呼びかける。

「山での暮らしは、死が身近にある。赤子の死ぬ数は平地よりもずっと多い。儂《わし》はこの地で生きる者たちが、つつがなく年老いていってくれればいいと、いつも願っておる。命は重い。――当然、貴殿の命もだ」

慈恵は笑ったが、その瞳はかなしみをたたえていた。

「死に急ぐことはない。若者よ」

亘《こう》は言葉を返さなかった。ふたりの吐く息が白くけぶり、うしろに流れていった。

慈恵《じけい》は知り合ってすぐに亘を気に入った。利発で、肝が据わっており、機転も利《き》く。聡《さと》いがゆえの生意気さがときおり顔をのぞかせるのも、接していて楽しいものだった。

沙那賣《サナメ》の次男である亘が北辺《ほくへん》山脈に来た理由など、知れている。慈恵は沙那賣朝陽《ちょうよう》という男の冷たさに、苦々しい気持ちになった。

──よくもまあ、息子を……。

死にに行けと言っているようなものだ。そうした役目に他人ではなく息子を選ぶあたりが、朝陽なのだろう。慈恵はそう直観した。亘を通して、朝陽という男が見えてくる。

慈恵は、亘を不憫《ふびん》に思った。そんな父親の言うことなど聞かずともよかろうに、とも思うが、それが沙那賣一族というものだろうか。

慈恵は、北辺山脈の部族が大がかりな反乱を起こすことは、ほぼない、と思っている。だがいっぽうで、大多数ではなくとも、なかにはそうした意志のある者がいるやもしれぬ、とも思っている。

難しいのは、それだけで朝陽には事足りる、ということだ。朝陽の目的は反乱ではないからである。寿雪《じゅせつ》を死に至らしめる理由さえあればいい。反乱の意志を持つ者を見つけて密告するなり、けしかけて反乱の真似事をさせるなり、火のつけかたはいくらでもある。

さらに事態を難しくさせるのが、距離だった。なんにせよ京師《みやこ》の近くで起こることなら、事実の確認も意思疎通も、やすやすとできる。だが、京師から遠く離れた北辺《ほくへん》山脈では、なにもかもが遅くなる。ひとたび反乱が起こったという知らせが京師に入ったら、すぐに鎮圧されようが誤解だと訂正しようが、遅いのである。

正直、起こった反乱を鎮《しず》めるほうが楽だ。なんの火も起こさない、というのは至難の業《わざ》だった。だが。

——若い者を、むざむざ死なせたくはない。

寿雪《じゅせつ》にしろ、亘《こう》にしろ。

どうしたらいいか、慈恵《じけい》はじっと思案を巡らせている。

雪のなかに、集落の門が見えてくる。近づけばそれには魔除《まよ》けの文様が彫られていることに気づくが、雪を被《かぶ》っていて、ほとんど見えない。それは家々もおなじで、多くの家は母屋《おもや》ひと棟だけの造りだが、井桁に組んだ木の切り口には、門とおなじような文様が彫りこまれている。文様は家によって違った。

雪は長の屋敷まで、きれいに除《の》けられている。集落の人々が木鋤《こすき》を手に、雪かきに勤《いそ》しんでいた。

「おお、羊舌《ようぜつ》のだんな」

彼らは顔見知りの慈恵《じけい》に気さくに声をかけてくる。

「屋敷で長《おさ》がお待ちですよ」

さきに運搬夫を行かせたから、慈恵が来ることをわかっているのだ。

「む、それはいかんな。急ごう」

慈恵は亘《こう》をうながし、足を速めた。

「長というのは、気難しいかたですか」

「いやいや、温厚なひとだ。山の部族というと、荒くれ者だと思いがちだがな。ここの長と民《たみ》はいたって温柔だ」

「ここの民は……ということは、べつの部族は、荒くれ者ですか」

細かい言葉をとらえてくる。慈恵は笑った。

「それはおいおい、その目でたしかめるがよかろう」

亘は少々、不服そうな顔をした。まだそういう感情を隠しきれていないところが、慈恵にとっては面白い。

――死なせたくはないな。

よい若者だ。このさきいくらでも道は拓けている。それをどうやったら、わかってくれるだろうか。

慈恵《じけい》の言ったとおり、有昃《ゆうそく》の長は穏やかな微笑とともにふたりを出迎えてくれた。ひとのよさそうな笑顔である。長というので、なんとなく父のような人物を想像して身構えていた亘《こう》は、いくらかほっとした。

「雪道はたいへんだったでしょう。ちょうど昨夜、雪が降りましてな。ふだんはいますこし、雪が踏み固められておるのですが」

有昃の長は熱い茶をすすめた。茶といっても、とろりと乳白色がかっている。飲んでみると塩気があり、ほんのりとした甘みもあった。舌に残る脂《あぶら》っぽさはなんだろう。亘が不思議に思っていると、犛牛《ぼうぎゅう》の乳を使った飲み物なのだという。この地方では茶といえばこれだそうだ。体があたたまり、疲れがとれてゆく。

外の寒さが嘘のように、部屋のなかはあたたかい。壁際《かべぎわ》に陶製の大きな竈《かまど》のようなものがあり、そこで火を焚《た》くことで壁や床があたたまる仕組みなのだそうだ。部屋は毛織物で仕切られており、床は板間の上に毛氈《もうせん》を敷き、その上に獣の毛皮を重ねてある。

「ちょうど、そろそろ塩を調達せねばと思っていたところだったんですよ。助かりました、慈恵どの」

「いやなに、今年は塩が例年よりも余ったもので、老体に鞭打《むちう》って行商しておるわけです」

慈恵《じけい》は快活に笑う。塩は官に買いあげられるが、余剰分は塩商が自由に売っていいことになっている。先帝の代に潰《つい》えかけた塩商が今上帝で息を吹き返したのは、ここが大きい。

「こんな山に売りにおいでになっても、足が出るだけでしょう。私どもはありがたいですが」

ゆったりと笑う有昃《ゆうそく》の長は五十前後か、豊かな髭《ひげ》をたくわえ、鷹揚《おうよう》な佇《たたず》まいだが体格はがっしりとしていて、慈恵といい勝負だ。

「慈恵どのは運び賃をまけてくださるので」と、長は亘《こう》に向かって説明する。

「ここらで物を買おうと思うと、平地の三割増しです。逆に、物を売ろうと思うと、三割減。つまり物の値は平地と六割の差があるわけです。塩は専売になって値が山でも平地でも変わらぬようになって大いに助かりましたが、運搬夫に頼めば運び賃はかかります」

「なるほど……」

専売制度というのは値が一定なので悪く言われがちでもあるのだが、山だろうが町だろうが値がおなじというのは、僻地《へきち》に住む者にとっては助かることなのだ。それでも運搬夫を頼めばそのぶんはよけいにかかる。かといって町まで買いに行くのは骨が折れる。余剰分をわざわざ僻地まで売りに来る行商もいないだろう。儲《もう》からない。

これだけでも、山での暮らしの難しさがわかる。

「先祖代々のつきあいですからな。こちらも木を売ってもらわぬことには、商売が成り立たぬ」

からりと笑って慈恵《じけい》は茶を飲み干す。長が器におかわりを注いだ。

「とても商売にならぬと知って、がっかりなさいましたか」

長は亘《こう》に目を向ける。見透かすような瞳にどきりとした。

「いえ……いえ、正直、甘く見ていたのは事実です」

亘は微笑を浮かべた。

「私は次男ですので、そろそろ独り立ちせねばなりません。こちらのほうに商いの手を伸ばせればと思ったのですが」

「なにもこのような僻地に。新しい地ではじめたいのでしたら、賀《が》州から京師《みやこ》までのあいだがよろしいのでは？　豊かな地でなくては絹は売れぬでしょう。あるいは、異国との交易か」

「長は、平地のこともよく知っておられるのですね」

「いえ、慈恵どのが教えてくださるのですよ。世情に疎《うと》いわれらには、知識を授けてくださるかたとしてもありがたい」

謙遜《けんそん》だろう。おそらく長は世情に疎くはない。だが、山の部族としては疎い者が多い。そういう意味だ。

「……」

世情に疎ければ、いま反乱を起こしたところで意味がないとはわからぬだろうか。だが、この賢明な長は部族の者にそんな真似は許さないだろう。

「……長は、山を下りて平地で暮らそうとは思わぬのですか？　失礼ながら、ここよりよほど楽に暮らせるでしょう」

亘《こう》の言葉に、長はほほえんだ。

「平地はなるほど、豊かではあります。ですが、そこでわれらが食うに困らぬ生業《なりわい》を得て、平地の民と馴染《なじ》んで暮らせるとは思えぬのです。山には山の、平地には平地の厳しさがありましょう」

亘はうなずいた。「たしかに」

平地で暮らす者が皆、豊かなわけではない。明日食うにも困る者だっている。

「ですが、山を下りてゆく者はとみに増えております。若者はとくに。うまく馴染んで暮らしてゆける者もおりますから、そうした者が新たに部族の者を誘ったりもします。有昃《ゆうそく》だけでなく、ほかの部族もそうです。いずれ、山で暮らす者はいなくなるのかもしれませんね」

あきらめたような口ぶりで長は言った。

「そうですか……」

「有弓《ゆうきゅう》や有奚《ゆうけい》は、このところどうですかな」

有昃《ゆうそく》以外の北辺《ほくへん》山脈の部族である。

「どこも似たり寄ったりですが、有奚には腕のいい木地師がおりましてな、椀でも盆でも、このところよい値がつくようです。有弓は有茲《ゆうじ》と春に揉《も》めまして、どうなることやら」

「揉めましたか」

「焼畑の境界で。——春になりますとな、山を焼くんです」長は亘《こう》に向かって言う。「そうして灰を作る。それを灰屋に売るんですよ。よい灰というのは、染めの色止めになったり、麻《あさ》のあく抜きに使われますので。灰は炭より軽いですから、こっちのほうがいいとなる」

「境界は、なんにしても揉めますね。家屋敷の境界にしろ、田畑の境界にしろ」

「そうですな。厄介なことです」

「部族同士が揉めると、どうなるんですか？　争いになりますか」

「最近は武力でというのはなくなってきておりますが……どの部族もひとが減るなか、労働力を失いたくありませんからな。穏便に、話し合いになります。だいたい、ほかの部族の長が仲裁に入っての話し合いです。それで片付かないと、困りますな」

片付かなかったあとについて長ははっきりとは口にせず、微笑を浮かべている。最後の手として、武力での争いになるということだろう。

「薪に、木地に、灰に……それぞれ、部族で生業が違うんですね」

「極力そうせねば、有弓《ゆうきゅう》と有茲《ゆうじ》のようになります」

「ああ、なるほど。揉めるのを避けるために」

「昔から揉めて争ってをくり返して、部族は数を減らしてきました。それで、いまの形に落ち着いたわけです」

「でも、薪にしろ木地にしろ灰にしろ、どこも木を使うのはおなじでしょう？　——ああ、商売相手は被らなくなりますか」

「ええ。どんな木が適しているかも異なりますし、いまは洞州《どう》の踏鞴衆《たたらしゅう》とも争わずにすんでますから、そちらも大きい」

「洞州の……」

「鉄を鋳《い》るために彼らも大量の木を必要とします。それで北辺《ほくへん》山脈のほうにまで木を伐《き》りに来るようになって、困っていたのですが」

「陛下の指示で、洞州《どう》の節度使は彼らをうまく抑えておる」

慈恵《じけい》が長の話を補う。

「なるほど……」

――つまり、ここのひとたちが陛下に楯突《たてつ》く理由はないと。

「ただ、そういう外の敵がいなくなったせいで、有弓《ゆうきゆう》と有茲《ゆうじ》のように、内輪で揉めるようになっているわけですな。なかなか、うまくいかぬものです」

言って、長は息をつく。

「あそこは、共倒れになるやもしれませんな。そうやってまた、山で暮らす者が減ってゆきます」

さびしげに長は笑った。

「最近、新しい話はなにかありましたか」

長は先行きの暗い話を変えようとしてか、慈恵に顔を向けた。

「欒《らん》王朝の遺児が見つかったという話は、聞いておりましょうな」

「そうですね、ええ、数日前に来た行商人から」

「となれば、新しいというと、界島《ジエ》の噴火でしょうな。あの辺の海底火山が噴火したとか」

「ほう」長は目をみはった。「海底火山……山暮らしには想像がつきませんが」

「海の底に、火山が眠ってるんですな。それが噴火した。おそらく、海商《ハイシャン》が海を渡れず難儀しておるでしょう。しばらく商いになりませんな」

「べつの港を使えば……」

「ちょうどよい港というのは、案外すくないものです。小さな船ならいいんですがな、海商の使う船は喫水《きっすい》……、大きい船なので海に深く沈むんですな、そうなると浅い港には入れない。潮の流れというのもあります。流れによっては、行きたい方向とはまったくべつのほうへと流されたりもする。下手をすれば遭難、難破します。界島《ジェ》はその辺が適しているから、もっぱら交易に使われておるんですな」

「難しいものなのですね」

長は感心したようにうなずいている。

「まあ、そうはいっても離れ島の海でのことですから、こちら方面ではさして騒ぎになりますまい」

「たしかに、遠い話ではありますね」

そう言うとおり、長はさほど興味を示さなかった。が、ふと視線を横に向けた亘《こう》は、部屋を仕切る毛織物の陰に何者かがいるのを見つけた。隙間《すきま》からちらりと目がのぞく。相手はあわてて身を引き、立ち去ったようだった。

「——すみません、すこし集落のなかを見てまわってもかまいませんか」

亘《こう》が言うと、長はこころよく承諾《しょうだく》した。案内を、という申し出を断ろうとして、思い直す。

「では、どなたかお願いします」

案内役をかって出てくれたのは、長の末の息子だった。

「晳《せき》といいます」

二十歳《はたち》くらいだろう、父親よりいくぶん小柄な、実直そうな青年だった。

晳に従い集落を歩くと、どの家でも木鋤を手に老若男女が総出で雪かきに励んでいた。

「雪が降るたび、ああして雪掘りをしないと、あっというまに雪に埋もれてしまうんですよ。今日もまた降るでしょう。来る日も来る日も雪を掘るのはうんざりします」

晳は頭上を仰ぐ。つられて亘も空を見あげた。たしかに空には鈍《にび》色の雲が厚く垂れこめ、いまにも雪が降ってきそうだった。

「どう思います、こんな暮らしは」

亘は空から晳に目を移した。澄んだ瞳をしていると思った。まだ少年の目だ。理想を抱き、まっすぐ前しか見えていないような目だった。

――すべての苦しみをわかっているかのような顔をして。

亘《こう》は薄く微笑を浮かべた。

「君は、雪かきはしないのかい」

問いには答えずそう返すと、晳《せき》はすこし目をみはり、次いでさっと顔を赤くした。たぶん晳は己の手で雪かきなどしたことがない。彼の家では、雪かきは下男たちの仕事なのだろう。あるいは末子《ばっし》らしく、甘やかされているか。亘はふと、己のきょうだいが思い起こされた。末子は妹の晩霞《ばんか》だが、父母に甘やかされていた記憶はない。母はろくに顔すら見せなかったし、父は冷淡だった。それは晩霞相手に限らず、亘たちに対してもおなじだったが。

――いや。

父は、兄にだけはよく言葉をかける。ほとんど指示か注意か叱責《しっせき》かで、世間話のようなものは、なにもない。とはいえ。

――俺は、子供のころからいままで、どれだけ父と会話したろう……。

一族の者や、よその人間に対しては、父は丁寧に相手をする。冷淡なのは身内に対してだけだ。そうしたときの父は威厳があり、思いやり深く聡明な、誰からも尊敬される長《おさ》だった。亘《こう》にはそれが誇らしく、父に褒《ほ》めてもらおうと、子供のころは躍起《やっき》になっていた。

――せめてこの地で父の命《めい》をやり遂《と》げて死んだなら、よくやったと思ってくれるのだろうか。

思わないだろう。わかっている。

息が苦しい。

「……平地に住んでいれば、すくなくともこんな苦労はせずにすむだろうね」

さきほどの会話がなかったかのように亘がそう言うと、晳《せき》は「そ……そうです」と何度もうなずいた。

「あの、さっき噴火の話をしていたでしょう？　海底火山がどうとか……」

やはり、さきほど盗み聞きしていたのは晳だった。それをとがめることなく、亘は愛想のいい笑みを浮かべる。

「そうだよ。界《ジエ》島の海底火山が噴火したんだ。界島はわかるかい」

「はい」と答えたものの、晳は自信なさそうだった。

「霄《しよう》の南東にある島だ。交易の玄関口で、とても大事な島だよ。そこの海底火山が噴火したものだから、往来《おうらい》ができなくなって、たいへんなんだ。島の被害もわかっていないし」

「たいへんなんですか。羊舌《ようぜつ》どのの口ぶりじゃ、そんな大事でもなさそうな感じでしたけど」

「そう言わないと、みんな不安がるだろ。ただでさえ、欒《らん》王朝の遺児が見つかって世間は動揺しているところなのに」

でまかせである。欒王朝の遺児がいようといまいと、世間はたいして関心がないだろう。だが噴火のほうは、すくなくとも生活にかかわる者にとっては、大問題である。

「欒王朝の遺児の件は、知ってたかい」

晳《せき》はうなずいた。

「欒氏の出身は、このあたりなんでしょう？　俺はよく知らないけど、年寄りたちから聞いたことがあります」

——よく知らない、か……。

さほど関心がないと見える。欒氏のことなど、昔の話か。そんなところだろうと推測はしていたが、ここまで反応が鈍いとは思わなかった。煽動するにも火種がない。さて、どうしたものか。

——ほかの部族を調べてみるか。あるいは……。

火種をおこすか。

「……有弓《ゆうきゅう》と有茲《ゆうじ》の集落に行ってみたいのだけど、遠いのかな」

「いえ、すぐ近くです。どちらもここの峠を越えたさきですよ。山地では住むのに適した場所は限られてますから、皆おおよそ固まってるんです。獣よけにもなりますし。それで、春になると周辺の山に入って、小屋をかけて木を伐採します。毎年、場所を移して」

なるほど、そうやって暮らしているのか、と思った。

「悪いんだけど、案内を頼めるかい？」

「ええ、かまいませんが……」

けげんそうにする晳《せき》に、

「商いのことで、この辺の集落を回ってみたくて」

と言えば、「ああ、なるほど」とあっさり納得した。

火種がなければ——己が火種になるまでだ。

「それなら、儂《わし》も同行しよう」

背後から声がして、亘《こう》は驚いてふり返る。いつのまにか慈恵《じけい》がいた。

「ちょうどそちらに足を伸ばそうと思っておったからの」

「……」

笑みを浮かべた慈恵の顔を眺めても、真意は読みとれない。三人はともに集落を出て、雪道を歩きだした。

「雪が降らねばいいのですが」

晳《せき》は空を見あげ、不安げに眉をよせた。空には厚い雲がかかり、陽《ひ》を遮《さえぎ》っていた。

＊

「阿兪拉《アユラ》──阿兪拉」

呼ばう神の声がする。岩礁《がんしょう》に打ちつける波を眺めながら、阿兪拉は耳を澄ます。

その声は深い地の底から響いてくるようでもあり、頭のなかで反響しているようでもあった。

「阿兪拉……おとなしく眠っていろ。よいな。なに、すこしのあいだ、その身を借りるだけだ。なんじがわれに従うならば、衣斯哈《イシハ》は食らわずにおいてやる」

やさしく、甘い響きだった。

阿兪拉は目を閉じた。

炎

「有弓《ゆうきゆう》と有茲《ゆうじ》へ向かう前に、有奚《ゆうけい》に寄ってもかまいませんか」

晳《せき》がそう言うので、亘《こう》も慈恵《じけい》も承諾《しょうだく》した。峠を越えたさきに有弓と有茲が、峠の手前に有奚の集落があるという。

「有奚というと……」

「おもに木地《きじ》師をしている部族です」

「ああ、腕のいい木地師がいるという」と亘が言うと、晳はなぜか気恥ずかしそうな顔をした。

有奚は、有昃《ゆうそく》とおなじような茅葺《かやぶ》きの家が並ぶ集落だった。家の数は有昃よりも目に見えてすくない。ここでも人々は雪かきに勤《いそ》しんでいた。

「では、のちほど」と晳はそそくさと集落の奥へと去っていった。慈恵はほほえんでいる。

「晳どのはここの娘に熱をあげておるそうだ。それが有奚一、腕のいい木地師の妹御《いもうとご》だぞうでな」

「ああ、なるほど」

慈恵のまなざしは、孫を見るようにやさしい。

「……こんなところにいては、色恋沙汰《ざた》くらいしか面白いことはないでしょうね」

慈恵《じけい》は眉をひそめた。「そんな言いかたをするものではない」

亘《こう》は黙って顔を背《そむ》けた。

「おや、羊舌《ようぜつ》のだんな。めずらしいですな、こんな時季《じき》に」

雪かきをしていたうちのひとりが、つと顔をあげて声をかけてきた。ひげが雪と変わらぬほど白くなった老翁《ろうおう》だ。彼は木鋤《こすき》を杖《つえ》がわりにして寄りかかった。

「塩の入り用はないかと思ってな。長《おさ》はいるか？」

「おりますが、取り込み中ですわ。有弓《ゆうきゆう》と有茲《ゆうじ》が、またぞろ揉《も》めておりましてな。つまらんことで。聞きましたかな」

「春に焼畑の件で揉めたと」

「そうそう。それ以来、ごたごたしとりましてな。ほれ、長の姪御《めいご》が有茲に嫁に行っとるでしょう。それで、なにかっちゅうと、仲裁に引っ張り出されるんですわ。雪でたいへんな時季にまあ、困ったもんです」

「雪に降りこめられては、揉め事も増えような。長は面倒見がいい」

「情が厚いんですな。若い時分は血の気《け》がちと多いひとでしたがの、歳とっていい塩梅《あんばい》になりましたわ」

老翁はからからと笑う。すきっ歯がのぞいた。

「そちらの若い衆は、だんなの跡取りですか。たしか、息子さんはおいでじゃあなかったでしょう」

と、亘《こう》を見て言う。

「いや、彼は」慈恵《じけい》は言いかけ、どう考えたものか、「まあ、そんなものだ」と言った。説明が面倒になったのか。亘も黙っていた。

慈恵はしばらく腕組みをして思案していたが、

「ひとまず、長に挨拶《あいさつ》してくるか」

と歩きだす。「さあ、亘どのも」とうながされて、亘は彼のあとにつづいた。

――有弓《ゆうきゆう》と有茲《ゆうじ》の長が来ている……しかし……。

亘は思案する。慈恵ならまだしも、見ず知らずのよそ者である亘は、揉め事の話し合いには口を出せないだろう。付け込むなら長以外の者だ。

「私は、晳《せき》どのに同行します。長たちの話し合いに、よそ者が顔を出しては邪魔でしょうから」

慈恵に告げると、晳の去ったほうへと足を向けた。

「おい――」慈恵が呼びとめようとしたが、亘は聞こえぬふりをして横道へと踏み入った。

道は、ひとひとりがかろうじて通れるだけの雪かきがしてあり、両脇には雪の壁ができている。その道を進み、途中、雪かきをしている者に「腕のいい木地師の家はどこか」と尋《たず》ねた。

「それなら、西のはずれの家でしょう」

亘《こう》をうさんくさそうに眺めながらも、相手は答えてくれた。買い付けに来た商人だとでも思ったらしい。

西のはずれにある家は、母屋《おもや》と納屋《なや》があるだけの、こぢんまりした家屋だった。雪かきをしている者はいない。ふいに茅葺きの屋根に積もった雪が音もなく滑り、家の脇に落ちた。

なにかを削る音がひっきりなしに響いている。亘は母屋に向かいかけて、その音が納屋からすることに気づき、そちらに向きを変えた。

「ごめんください」と声をかけて、亘は納屋の木戸をあけた。削る音がやむ。なかのぬくもりがじわりと漂ってきた。暖気が逃げてしまうな、と亘はすばやくなかへと入り、戸を閉めた。部屋の隅に陶製の竈《かまど》があり、上に鍋が据えられている。鍋には湯が張られていて、煮立って湯気をあげていた。部屋を見まわすと、土間に木くずが散らばっている。奥に毛氈《もうせん》を敷いた板間があったが、そちらには白木の椀や盆などが山のように積まれていた。

土間には男がふたり、少女がひとりいた。男のうちひとりは皙《せき》で、もうひとりは三十前くらいに見える。その男は轆轤《ろくろ》の台の前に座り、鉋《かんな》を手にしている。轆轤は木地を挽《ひ》くための道具だ。台に木材を横向きに取り付け、足もとの踏み板を踏んで轆轤を回し、鉋を当てる。そうすることで椀や盆といった丸い形の木地ができあがるのだ。

男のまわりには、おびただしい量の木くずが溜まっている。かたわらに皙《せき》が立ち、そのうしろに少女がいた。突然の見知らぬ訪問者に、男は警戒した様子で、少女のほうは脅《おび》えた顔をしていた。おそらく男は有奚《ゆうけい》一の木地師で、少女はその妹だろう——皙の意中の相手だという。

皙はびっくりした顔をしている。

「どうしたんです？　羊舌《ようぜつ》どのとご一緒では」

彼は木地師の男に向かい、「客人なんです、生糸商《きいとしょう》の沙那賣《サナメ》どの」と説明した。

「羊舌どのは長へ挨拶に向かった。長は有弓《ゆうきゅう》と有茲《ゆうじ》の長と話し合いをなさっているそうだから、私は遠慮したんだ」

「そうでしたか」

「お邪魔してもかまいませんか」と、亘《こう》は木地師に向かって尋ねる。木地師はうなずき、

「どうぞ」とだけ、無愛想に言った。

「腕のいい木地師だとうかがったので、一度品《しな》を拝見したいと思っていたんです」

「椀や盆なら、そこに山ほどあるよ」

と、木地師は板間のほうを顎《あご》で示す。暗い顔の男だな、と亘《こう》は思った。生活に倦《う》んだ、暗い瞳をしている。

「このひとは、聶《じょう》さんというんです。有奚《ゆうけい》一の木地師ですよ」

晳《せき》が誇らしげに言った。そんな声にも聶は反応を示さない。ふたたび踏み板を踏んで轆轤を回しはじめた。

亘は板間の端に腰をおろす。そこに積んである椀をひとつ手にとった。木のいい香りがする。側面も縁《へり》もなめらかで指がひっかかることもなく、持ちやすい器《うつわ》だ。

「それを麓《ふもと》の塗師《ぬし》のもとに持っていって、漆《うるし》を塗ってもらうと、それは美しい器になるんですよ。塗師のひとも、聶さんの椀はなめらかで手にしっくりよく馴染《なじ》むって……」

「うん、いい器だね」

亘は椀や盆をしげしげと眺める。漆もいいものを使い、腕のいい塗師と組めば、高値になる器が作り出せるだろう。

「たとえば、京師《みやこ》でも売れそうですか？」

「え？」

晳に問われ、亘は顔をあげる。晳が期待に満ちた目をしていた。

「ああ、いい塗師と組めば、じゅうぶん売れるだろうね。漆次第じゃないかな」

「麓の塗師も、いい腕なんですよ。それなら、山を下りてもやっていけますよね。聶《じょう》さんなら——」

「晳《せき》、よけいなことを言うな」

水を浴びせるような声で聶が言い、晳はしゅんとする。

——ふうん。

この木地師は山を下りたいらしい、と亘《こう》は踏んだ。そんな話を晳としているのだろう。もしや、晳もだろうか。聶の妹をつれて？　妹はさきほどから竈の前に座り、そこに据えた糸車で糸を紡《つむ》いでいた。よそ者を警戒してか、ひとことも口をきかない。

「でも、沙那賣《サナメ》どののような商人に話を聞けることなんて、そうはないんだから、訊《き》きたいことは訊いておかないと」

晳は熱心に言う。対する聶は冷めた様子で、「どうせ長が許さない」と覇気のない声で言った。

「ここの長が、山を下りるのを許さないと？」

亘が問うと、

「腕のいい聶さんがいなくなったら、困るでしょうから」

聶《じょう》ではなく晳《せき》が答えた。聶は黙々と木地を挽いている。

亘《こう》は積みあげられた椀を前に、考えこむ。晳は平地での暮らしを知りたがり、あれこれと訊いてくるのを、亘はてきとうな相づちを打ちながら聞き流していた。

しばらくして、「ごめん」という朗々とした声とともに戸がひらいた。

「亘どの、おるか？」

慈恵《じけい》だった。慈恵はぐるりと室内を見まわし、亘の上で視線をとめる。大股《おおまた》に近づいてくると、亘の腕をつかんだ。

「な——なんです？」

「ちょっと来てくれ」

「どこへ……」

慈恵は有無《うむ》を言わさず亘の腕を引っ張り、戸の外へとつれてゆく。晳はぽかんとしていたが、聶はちらと慈恵を見ただけで、木地を挽く手をとめもしなかった。

「いま、長たちと話し合っておるのだが、どうにもまとまらぬ。部族の利益に直結することゆえ、どちらも譲らぬのだ。そこで、儂《わし》に腹案《ふくあん》があってな。亘どのに頼みたいことがある」

「頼み……？」

なにを頼まれるのか見当がつかず、亘《こう》はわけのわからぬまま、長たちの前に引きすえられた。長たちはいずれも豊かなひげをたくわえた図体の大きな男たちで、年格好も顔立ちもよく似ている。区別するのに難儀した。

「その若者が、賀州《がしゅう》の豪族の倅《せがれ》ですか」

最も年上らしい、有奚《ゆうけい》の長が口をひらいた。六十代くらいだろうか。声が低く籠《こ》もっていて、眠たげに聞こえる。あるいは仲裁に飽いての声音か。

「して、羊舌《ようぜつ》どの。腹案とは」

甲高《かんだか》い声の男は、有弓《ゆうきゆう》の長だ。二重瞼《ふたえまぶた》の目の大きな男だった。目が乾くのか、しきりにまばたきをしている。

「よほどでなくば、いくら羊舌どのとて、われら有茲《ゆうじ》は承諾しませんぞ」

有茲の長が最も若い。といっても、六十前だろう。肌つやがいいので若々しい。声が大きくてうるさい。一見して、有弓と有茲の長、このふたりなら角突き合わせて、どちらも譲らぬだろうなと思った。

――ここで俺に頼みとは、いったいなんだろう。

亘は慈恵《じけい》の横顔を盗み見る。慈恵は自信たっぷりの笑みを浮かべていた。

「賀州には、港から彼の一族、沙那賣《サナメ》家の屋敷まで、大きな道が造られておる。ご存じかな」

長は三人とも、そろってけげんそうな顔をした。

「いや、知らぬが」

三人を代表するように、有奚《ゆうけい》の長が答えた。

「それを造らせたのは当時、その地の領主だった沙那賣《サナメ》家だ。しっかりした道でな、土を掘り下げたところに石を敷き詰め、土をたたき固めた上に、砂を盛る。砂を盛るのは水はけをよくして、雨でぬかるむのを防ぐためだな」

「はあ」

長たちは、それがどうした、という顔をしている。亘《こう》は、よく知っているな、と驚いた。

「そういうことをなすためには、きっちりと測量するわざがいる。そのすべを持つ者を沙那賣家はそろえておったのだ。沙那賣家というのは、そうしたことに秀《ひい》でておった。――そうであろう?」

話をふられて、亘はうなずいた。「細かな工夫を考えるのが、昔から得意ですので」

「長よ、あなたがたは先祖代々のおおらかな境の決めかたでやっておるから、こうしてたびたび揉めることになる。きっちり決めなされ」

「きっちりと言われても」

有茲《ゆうじ》の長が不満そうに眉根をよせる。「こちらはきっちりしとるつもりです」

「われわれもです」と有弓《ゆうきゅう》の長も口角から泡を飛ばす。「決められた境界から一歩たりともはみだしてはおりませぬ。守らぬのは有茲のほうで」

なんだと、と有茲の長が青筋を立てる。有奚《ゆうけい》の長がうんざりしたようにため息をついた。ずっとこんな調子なのだろう。飽きるはずだ。

「だからな、あなたがたの思っておる境界は、おたがいずれが生じておるのだろうということだ。長いときがたてば、そうなって当然だ。山も生きておるのだから」

ふたりの長は黙った。

「そこでだ、双方がこうと思っておる境界内を測って、数字を出したうえで、落とし所をさぐってはいかがか」

むう、と長はふたりともうなり、腕組みをした。

「測るというのは、たしかに良案でしょうがな……。しかし、測るといっても――」

有弓の長が言い、

「さよう、われらが測ってもおたがい納得がいかぬし、見知らぬ相手に任せられもせぬ」

有茲の長が言う。

「だから、彼をこの場に呼んだのだ」

と、慈恵《じけい》は亘《こう》の背中をたたいた。痛い、と内心、亘はつぶやく。

「沙那賣《サナメ》に差配を任せれば間違いない。さきほども申したとおり、測量のわざがある。きっちりやってくれるだろう。儂が請《う》け合う」

――冗談じゃない。

道の話が出たときからうっすらと推測していたが、本気か。

ふたりの長は顔を見合わせている。まんざらでもなさそうな顔だった。

「まあ……、羊舌《ようぜつ》どのがすすめるかたであれば、なあ」

「うむ、その辺の麓の者より、信が置ける」

羊舌氏は古くからこのあたりの部族とつきあいがあるだけあって、ずいぶん信頼されている。嘘だろう、と亘は青くなった。

「む――無茶を言わないでください、慈恵どの」

「無茶なことはなかろう」

「なにも遠い賀《が》州のわれらを頼らずとも、測量できる者などおりましょう」

「貴殿は商売の手を伸ばそうと、その遠い賀州からやってきたのではないか。むろん、これは商いの話だ。無賃でやれとは言うておらん。なあ？」

慈恵はふたりの長に顔を向ける。長たちは、「それは、そうなれば、もちろん」「当然だ」と口々に言う。

——商売の手を伸ばしに来たという口実を、うまく使われた……。

亘《こう》のほうから断る理由がなくなってしまった。してやられたことに歯噛みしたくなるが、こんなところでしかめ面《つら》を見せるわけにもいかない。

「……わかりました」

亘は引きつった笑みを浮かべた。「沙那賣《サナメ》の家に知らせて、ひとを寄越《よこ》してもらいます」

ふたりの長がうなずく。これに有奚《ゆうけい》の長が、ほう、と深い息をついた。やれやれ、と言いたげだった。

話し合いの場であった長の屋敷を出た亘は、慈恵《じけい》に食ってかかった。

「慈恵どの、あなたというひとは……」

「なんだ、商いがひとつ成って、よかったではないか」

「冗談じゃありません、儲《もう》けなんて出ませんよ。ここに来るだけでどれだけ費用がかさむか」

「それでも商売をしに来たのであろう?」

ぐっと言葉につまる亘に、慈恵は快活な笑い声をあげる。背中をたたかれ、「痛いんですよ、さっきから」と亘は怒った。

——あわよくば、有弓《ゆうきゆう》と有茲《ゆうじ》の仲違《なかたが》いを利用しようと思っていたのに。ほかでもない、己《おのれ》が解決してしまった。あり得ない。これではもう有弓と有茲の集落に向かう意味もない。

くそ、と亘《こう》は胸の内で毒づいた。

——こうなったら、あとは……。

亘の脳裏には、晳《せき》や聶《じよう》の顔が浮かんでいた。

「む、雪だな」

慈恵《じけい》が空を仰ぐ。つられて亘も空を見あげた。鈍《にび》色の空から、雪片が舞い落ちてくる。屋敷から、有奚《ゆうけい》の長が出てきた。

「雪が降ってきましたな。すぐ積もりますよ。日暮れも近い。雪道を行くのは危ないですから、どうぞわが家に泊まってください」

「それはありがたい」

慈恵は喜んで長の申し出を受けた。もはや有弓と有茲の集落に行く気の失せていた亘も、それに従う。

「晳どのにも知らせてきます」

と言い置いて、雪の降るなか、亘《こう》は聶《じょう》の家に向かった。

納屋でまだ木地挽きの音がしている。

「雪が降ってきましたよ」

声をかけて戸をあけると、晳《せき》に聶、その妹の三人が、変わらずそこにいた。

「また雪か……」

聶がうんざりしたように言い、轆轤をとめた。

「晳どの、長が今日は泊まっていけと言ってくださってる」

「そうですか」

晳は名残惜《なごりお》しそうに聶の妹のほうに目を向け、

「また明日来るよ」

と言った。「はい」と、少女がはにかんだ笑みを返した。

戸外に出ると、日が山の端《は》に沈みはじめたらしく、雪雲に覆《おお》われた空は一段と暗さを増していた。

歩きながら晳が納屋をふり返り、同情するようなまなざしを向けた。

「聶さんの家は、両親がもう亡くなってるんです。お父さんは伐《き》った木の下敷きになって、お母さんは病《やまい》で。だから、聶さんはそのぶん、とても苦労して……」

「有楽一《ゆうけい》の木地師とまで言われる腕になったのは、そのせいもあるのかな」

晳《せき》はうなずく。

「腕を磨けば、それだけ高値がつきますから。でも、売買は長が一手に引き受けているから、いくら腕を磨いたところで、有楽の益にはなっても、聶《じょう》さんが潤《うるお》うわけじゃないんです」

「ああ……そうだろうね」

山中に限らず、地方で作られた品は親方となる者がとりまとめて、取引を行うものである。作り手ひとりひとりが品を運んで値の交渉をして、などしていたらかえって損になる。

「だから、平地で暮らしたいと？」

晳は黙る。

「たしかに、彼ほどの腕ならここで皆のために働くより、ひとりでやったほうがよほど稼《かせ》げるだろうね。――でも、そんなことは長が許さないだろう？」

「ええ……まあ……」晳は言葉を濁す。よその部族のことだからか。

「山には、山の掟《おきて》がありますから」

「そうだろうね」

そうでなくては、集団で暮らしていけまい。

「でも、それだから若者は山を下りたがるんだろう。古くさい掟を嫌って。違うかい？」

「いえ……」

「君も？」

「え？」

「あの少女と、山を下りたいと思ってる？」

晢《せき》はあわてたように首をふった。

「いや、俺には無理です。聶《じょう》さんのような木地師の腕もないし……それに、彼女は平地は怖いから、いやだと」

「そうか」

いくらか拍子抜《ひょうしぬ》けしたが、納得もした。晢とあの臆病そうな少女なら、たしかに見知らぬ平地に飛びこむより、慣れた山で暮らすほうがよかろう。

「……」

亘《こう》は足をとめた。狭い雪道はひとひとりしか通れず、さきを歩く晢がふり返った。

「どうかしましたか？」

「ちょっと、聶さんに商売の話をしたいんだ。さきに行ってくれ」

亘はきびすを返し、来た道を引き返した。日が暮れるのは早い。あたりはすでに薄闇の帳《とばり》がおりている。そのなかを、ちらちらと白い雪が舞っていた。吐息《といき》が白くけぶる。

聶《じょう》の家は日が暮れても母屋に明かりはなく、納屋から轆轤挽きの音が響いていた。朝から晩まで、働きづめなのだろう。

戻ってきた亘《こう》に、聶はいぶかしげな目を向けた。さすがに轆轤をとめる。

「なにか」

「あなたと少々、商いの話をしたくて」

亘はちらと妹のほうに目を向ける。聶は察して、「母屋をあたためておけ」と指示した。妹は戸惑《とまど》うふうながらも兄の言葉に従い、糸車をそのままに、納屋を出ていった。

「で？」

聶の言葉は短い。億劫《おっくう》そうに話す。

「山を下りたいと聞きました。私が手を貸しますよ」

亘も端的に話す。聶はぴくりと眉を動かした。

「なんで」

「あなたの腕を買ってるからです。ここで埋もれるのは惜しい」

聶は鼻で笑った。

「よそ者のそんな言葉を、信用すると思うか」

「平地に行けば皆よそ者ですよ。あなたはよそ者と商売したいんでしょう。よそ者でなくては、あなたを山から解放できませんよ。手助けされる理由を選《え》り好みできるとお思いか？」

笑みを浮かべて言えば、聶《じょう》がにらむ。

「私の話にのるか、のらぬか、ひと晩よく考えてください」

では、と亘《こう》は納屋をあとにする。長の屋敷に向かい、狭い雪道にさしかかったところで、はっと足をとめた。慈恵《じけい》が立っていた。

薄闇のなか、それでも慈恵が険《けわ》しい顔をしているのがわかる。両側を雪の壁に挟まれ、通り抜ける幅はない。

「なにをしておった」

低い声で問われる。

「聶どのに、商売の話を。かまわないでしょう、べつに。山の測量だけでは商売になりませんからね、それくらい――」

「この地は商売には向かぬとわかったろう。おまえが沙那賣朝陽《サナメちようよう》になにを命じられたかは見当がついておる。なぜそんな馬鹿な真似をさせるのかは、理解できんがな」

慈恵は腹の探り合いをやめたらしい。率直に言った。

「おまえは聡《さと》い。馬鹿な真似だと、はなからわかっておるだろうに」

――やはりこのひとは、北辺《ほくへん》山脈の様子をさぐりに来たのだ。

さらには、反乱をとめに来た。亘《こう》とはまったく逆の立場だ。

木の枝から雪が落ちる音がする。慈恵《じけい》は猛禽《もうきん》のような目で亘をにらんでいた。亘は静かにその目を見つめ返す。

「なにをおっしゃっているのか、わかりませんが」

「おまえも無事ではすまなくなるのだぞ。わかっておるのか」

知らぬふりを通そうとする亘の衿《えり》をつかみ、慈恵は激しく叱責《しっせき》する。亘は苛立《いらだ》ち、眉根をよせた。

「わかっておらねば、このようなところにまで来ないでしょう。覚悟のうえです」

「そんな覚悟なぞいらんわ。馬鹿者が」

慈恵は亘を雪の壁に押しつけた。雪が上から落ちて、細かな粒が煙のように漂った。

「そう必死になることもありますまい。小さな暴動がひとつ、ふたつ起こったところですぐに鎮圧されましょう」

「それで欒《らん》王朝の遺児が死ねば沙那賣《サナメ》朝陽《ちょうよう》は満足か」

よくわかっている。やはり、父より皇帝が一枚上手《うわて》だった、と亘は思い、わずかに笑った。

「そうですよ。陛下とて、そのほうが面倒がなくなってよいのではありませんか」

慈恵《じけい》は手をゆるめ、ため息をついた。

「命というものは、面倒かどうかなどということと並べられるものではない」

亘《こう》は鼻で笑った。慈恵はそんな亘をかなしげな目で眺める。

――この目がいやだ。

あわれむようなまなざしが、亘の胸中をかき乱す。

「儂が言うのは、欒《らん》王朝の遺児ばかりのことではない。なるほど、たしかに小さな暴動などすぐ鎮圧されよう。だが、それで確実におまえとここの民《たみ》の何人かの命は失われる。失われるはずのなかった命が――」

慈恵は亘の肩をたたき、揺さぶった。

「おまえのような若者が、死に急ぐことはない。儂はおまえの命が惜しい」

なにを言っているのだろう、と亘は慈恵の顔を眺めた。

「私の命を惜しんで、あなたになんの得があります？　なぜそれほど必死になっておられるのか、私にはわかりません」

「……おまえは……」

慈恵《じけい》は言葉を失い、うなだれた。亘《こう》の肩に置かれた手が震えているので、いぶかしんでその顔をのぞきこむと、慈恵は涙していた。亘は、さすがにぎょっとした。

「な……、じ、慈恵どの、どこかお悪いのですか」

頑丈そうに見えても老体、病《やまい》でどこか痛むのかと思ったのだ。慈恵の腕に手を置こうとしたとき、慈恵はその手をつかんで、握りしめた。

「儂はおまえを死なせはせん。おまえがなにを企《たくら》もうと、儂がとめる。わかったな」

――なぜ……。

亘は涙に濡れる慈恵の瞳に、困惑《こんわく》した。薄闇のなか、雪が亘と慈恵の肩に降り積もってゆく。

＊

花娘《かじょう》の父、知徳《ちとく》の用意した船は、海商《ハイシャン》がふだん使うものよりも二回りほど小型だった。丸木舟の側面に舷側板《げんそくいた》を継ぎ足した、漁にも使われる船だ。小型の船を選んだのは、港が理由だった。

「海商が使う大きな港よりも、乗合船《のりあいぶね》や漁船が停泊する港のほうが、噴火地帯から遠く、内海《うちうみ》ですので、もしふたたび噴火がはじまっても被害を受けずにすむでしょう」

そちらの港は水深が浅いので、大型船は入れないのだという。知徳《ちとく》の説明に、なるほど、と寿雪《じゅせつ》はうなずく。あれから一日がたっていた。噴火はいまだ収まらず、空は噴煙で曇っている。

それでも寿雪たちはいつ噴火がやんでもいいように、港で待ち構えている。温螢《おんけい》と、星星《シンシン》を抱《かか》えた淡海《たんかい》がつき従っている。九九《ジウジウ》はさすがに刺史《しし》の屋敷にとどまらせた。知徳は選りすぐりの水手《かこ》を貸してくれて、彼らはいつでも出港できるよう、船の準備を整えてくれている。

「知徳どのは、肝《きも》が据わっておるな」

寿雪が言うと、知徳はかすかに笑った。ともすれば冷ややかな笑みに映るが、接しているとそうではないとわかる。

「この海を渡ろうというあなたにそう言われると、面映《おもは》ゆいですな」

「わたしからすると、ふだん海の上を行ったり来たりしておるほうが、豪胆だと思えるが」

寿雪は実際に海を見るのははじめてで、これほど広大で限りのないものだとは思わなかったのだ。底は見えないし、波は思った以上に荒く、不気味だった。

「はは……なに、慣れてしまえば、どうということもありません。船上の潮風は心地よいものです。私などは、むしろ陸地のほうが慣れぬようになりました」

　ほう、と寿雪《じゅせつ》は驚いた。

「海が好きなのだな」

「そうですね……最初は、海がどうのというより、海商《ハイシャン》の持ってくる品に関心がありましてな。わが家には昔から、いろんな商人が出入りしておりましたから。そのなかでも海商は変わったものを持ってくるもので」

　夜光貝の螺鈿《らでん》細工、不思議な光彩を持つ宝石、異様な仮面、人形……知徳《ちとく》はそんなものを例に挙げた。

「雨果《うか》の呪具なんてものもありましたな。あちらは巫《ふ》の国ですから。巫女王《ふじょおう》がおります」

「ほう、巫女王とな」

「雨果だけでなく、花陀《かだ》や花勒《かろく》といった国々の上に、巫女王が立っておられるのです。ずいぶん、こちらとは勝手が違いますよ」

「国の仕組みが違うということだな」

「そうです。風習も、人々の考えかたも。それはほかの国もおなじことですが」

「ほう……」

知徳《ちとく》は、その海商《ハイシャン》というものの商いの様子や、他国のことを丁寧《ていねい》に教えてくれる。寿雪《じゅせつ》は知らないことばかりで、昨日からしきりに彼の話を聞いては面白がっていた。

「異国にも、幽鬼はおるのか?」

「いますよ。化け物も」

「化け物。神とは違うのか」

「どうでしょう。私は見たことがありませんのでね。海に出る幽鬼なら会ったことがありますが」

「海に出るのか」

「出ますよ」

などということを、知徳はさらりと語る。面白い男だった。

「海商《ハイシャン》や水手《かこ》は、皆だいたい護符《ごふ》を肌身離さず持っております」

「護符か」

「札ではなく、物です。血縁者が身につけた物がいいとされます」

「知徳どのは、なにを持っておるのだ?」

そう尋《たず》ねると、すこし間が空いた。知徳は頰を指でかいて、言いにくそうに、「私は、まあ、娘の……花娘《かじょう》の鞋《くつ》ですな」と答えた。

「鞋？　大きいな」

「いえ、子供のころの物を。はは……」

照れ隠しのように知徳《ちとく》は笑った。その横顔を見あげて、寿雪《じゆせつ》は、花娘《かじよう》は父親のこんな顔を、はたして見たことがあるのであろうか、と思った。

「――煙が」

ふいにざわめきがあがり、寿雪ははっとする。噴火の様子を見に港に集まっている者たちが、口々に騒ぎだす。

「煙が薄くなってないか」

「小さくなってる」

見れば、もうもうと湧きあがっていた噴煙が薄れ、丈《たけ》は低くなり、勢いを失っている。

寿雪は知徳を見やり、知徳も寿雪を見おろした。たがいに視線を交わし、うなずき合う。

「行くぞ」

寿雪は温螢《おんけい》と淡海《たんかい》に告げ、船に乗りこむ。水手たちも配置についた。

「行け」と、知徳が水手に命じる。水手たちは艪《ろ》を漕《こ》ぎ、船は動きだした。海岸を埋め尽くす軽石が船にあたり、ゴトゴトと音がする。それにかまわず、船は進んでゆく。港にいる者たちが、このなかで船を出すのかとどよめいている。船には旗をかかげてあった。皇帝直属の臣下を示す、青い旒《りゅう》のついた旗だ。

船は潮流に乗って北側に迂回《うかい》し、界島《ジェ》の港を目指す。寿雪《じゅせつ》は舳《へさき》近くに立ち、海を眺めた。

噴火はやみ、あたりに漂っていた煙も薄くなっている。波は穏やかだ。ゆるやかな追い風を受けて、船は滑るように走る。

いったい、梟《ふくろう》はどうやって楽宮《ささらのみや》の海神を鎮《しず》めたのだろう。

「梟が……」

烏《からす》のうめくような声が聞こえた。

「どうした。梟は、どうやって海神を抑えたのだ？」

「……質に、した」

「質――」

「自分を。海を荒らす白鼇《しろかめ》を倒す約束をして、それができねば、自分の身を差し出すと」

「差し出す……というのは」

「贄《にえ》になる、ということだ」

寿雪は息を呑んだ。

――梟。

そこまでの覚悟をして、烏を救いに来たのだ。

「梟《ふくろう》は……いま、海神のもとか」

「そう。質だから。わたしとは一緒に、戦えない」

烏《からす》の声は、消え入りそうだった。

「わたしと一緒にいると、言ったのに……」

嘘つき、と泣きべそをかいたような声で言う。寿雪《じゅせつ》は胸を押さえた。

「鼇《ごう》の神を倒せばよいだけだ。なにも変わらぬ。そうだろう」

「倒せばいいだけ……そう、倒せる。だから、いい。半身さえ戻れば」

「よし」

そう言ったとき、船体が大きく揺れた。温螢《おんけい》が寿雪の体を引き倒し、覆《おお》い被《かぶ》さる。波しぶきが降ってきた。

「噴火か？」

「いえ、急に高波が」

船はなおも左右に揺れる。水手《かこ》たちは櫓が波に流されぬよう、船に引きあげた。

「噴火はしてませんよ」

淡海《たんかい》が手をかざして海を眺め、言う。寿雪も身を起こし、それをたしかめた。噴火はない。天候も悪くない。だが、寿雪たちの周囲だけ、ひどく荒れた波が立っていた。波はしだいに渦となりつつあり、その異様さに水手《かこ》たちが叫び声をあげた。

「楽宮《ささらのみや》の海神とは話がついている——ならば、これは鼇《ごう》の神のしわざか」

寿雪《じゅせつ》がつぶやくと、それなら、と烏《からす》が言った。

「哈拉拉《はらら》」

そう星星《シンシン》を呼んだ。そのとたん、星星の体がぶわりとふくらんだように見えた。いや、羽毛が風を含んでいるのだ。つい、と寿雪の手がそちらに伸びて、寿雪自身が驚いた。いま手を動かしているのは、寿雪ではない。烏だった。

星星の体から、羽根が数枚、抜ける。それは落ちることなく宙に浮かびあがった。金色に輝いている。

寿雪の指が海のほうをさすと、羽根はいずれも矢のように飛んで、水中へと消えていった。すると間もなく、荒れていた波が静かになってゆく。渦もほどけて、あたりの海はもとのような穏やかさを取り戻した。

「波が収まった」

水手たちのほっとした声が響く。

「またすぐに襲ってくるぞ。急げ」

烏が言うので、寿雪はそのとおりに水手たちに告げた。追い風もあって船はぐんぐん進んでゆく。ふたたび波が襲ってくるのを警戒しながら船は進み、港へとたどり着く。そこは川の河口で、砂州《さす》が細長く伸びている。それが内海を形成し、水深の浅い、波穏やかな港となっているのだ。砂州のなだらかな斜面に石が敷き詰められており、そこに乗りあげる形で船が何艘か繋留《けいりゅう》してある。船は斜面に打ちこまれた杭に繋がれていた。繋船杭《けいせんくい》というそうだ。砂州の石敷きが近づくと、水手たちは浅瀬に降りて船を押しはじめる。そのまま船を石敷きに押しあげ、杭に綱《つな》をからげて固定する。淡海《たんかい》と温螢《おんけい》が石敷きに降り立ち、寿雪《じゅせつ》の手をとる。星星《シンシン》を抱えて寿雪も船から降りると、つま先が水に濡れた。波が打ち寄せ、あわててもっと奥へと走る。

砂州にはいくつもの船が並んでいた。漁船だと水手が言う。噴火で漁に出られないので、浜に漁師の姿はない。皆、家々で噴火が収まるのを待っているのだろうか。あたりは静かで、活気もすっかり失われている。

水手たちはそれぞれ界島《ジェ》に住まいや行きつけの宿があるそうで、帰路まではそちらで待機してもらうことになっていた。烏《からす》の半身である黒刀をさがしだし、鼇《ごう》の神を倒すまで、いったいどれだけの日数がかかるのか、わからないからだ。

「わたしたちは、ひとまず市舶使《しはくし》を訪ねよう」

そう言って港町に向かおうとした寿雪だったが、突然、抱えていた星星が暴れだし、腕から逃げだした。

「これ、星星《シンシン》」

つかまえようと手を伸ばしたが、星星は飛んでいってしまった。海岸沿いの松林を越え、姿が見えなくなる。寿雪《じゅせつ》は温螢《おんけい》たちとともにあとを追った。

松林を回りこむと、その向こうもまた砂浜だった。そこにひとりの少年がいて、星星はその腕のなかに飛びこんでゆくところだった。麻《あさ》の衣《ころも》を着た、陽《ひ》に灼《や》けた肌の、小柄な少年——その顔を見て、寿雪たちは皆、あっと声をあげた。

「衣斯哈《イシハ》！」

見慣れぬ装束《しょうぞく》に身を包んでいるが、まぎれもなくその顔は衣斯哈だった。

寿雪たちに気づいた衣斯哈は、星星を抱えて棒立ちになっている。目をまん丸にしていた。

「そうか、おぬしはここにいたか」

鼇《ごう》の神に攫《さら》われたと聞いて以降、行方《ゆくえ》もたどれなかったのだが。——鼇の神とともに、この島に来ていたのか。

「怪我《けが》はしておらぬか」

「はい、娘娘《ニャンニャン》。——ごめんなさい、帰れなくて」

衣斯哈《イシハ》は申し訳なさそうにうつむいた。

「よい。わかっておる。鼇《ごう》の神がいるのであろう」

「鼇の神は……烏漣娘娘《うれんにゃんにゃん》の半身を見つけろって言うんです。そうでないと……」

「そうでないと？」

「僕たちを食べてやるって」

衣斯哈は泣きそうな顔をした。寿雪《じゅせつ》は顔をしかめる。――なるほど、鼇の神は烏《からす》などよりずっと小賢《こざか》しく、性根が悪い。

「……僕たち、、、ってのは？」

淡海《たんかい》が問う。衣斯哈はそちらを向いて、「阿兪拉《アユラ》です」と答えた。

「阿兪拉……たしか、おまえの幼なじみじゃなかったか」

温螢《おんけい》が記憶をたどるように目を細め、言った。そうです、と衣斯哈はうなずく。

「隠娘《いんじょう》と呼ばれておった娘だな？　白雷《はくらい》がつれていた」

高峻《こうしゅん》からそのあたりの話は聞いている。確認すると、衣斯哈はこれにもうなずいた。

「神さまの声が聞こえるんだって、阿兪拉は言ってました。でも、水が近くにないと、だめなんだって……」

衣斯哈は周囲を見まわす。

「どうかしたか？」

「僕、阿兪拉《アユラ》をさがしていたんです。最近、よくいなくなってしまうので。白雷《はくらい》のおじさんもいなくなってしまったし、之季《しき》さんも——」

「之季？　令狐《れいこ》之季か！」

驚いて尋《たず》ねると、衣斯哈《イシハ》もびっくりした顔で、「そうです」と答えた。

「噴火があって、海でそれに巻きこまれたみたいで、浜に流れ着いて……海燕子《ハイイエンツ》のみんなと一緒に海から引き揚げて、運びました」

そう言い、それから急いで「いまは元気です」とつけ加えた。「三人とも」

「三人？」

「ええと、千里《せんり》さんと、楪《ちよう》さんを入れて、三人です」

——千里！

楪は知らないが、界《ジエ》島の者だろうか。寿雪《じゆせつ》は千里の無事を知って、膝《ひざ》から力が抜けそうになった。

「よかった……」

「千里さんは、熱がつづいてずっと寝付いてましたけど、いまはもう目を覚ましてます。元気です」

「どこにいるんだ？」と温螢《おんけい》が訊く。

「序《じょ》さんの家です。海商《ハイシャン》の、大きな屋敷で……」

「そこへ案内してくれ」

寿雪《じゅせつ》が言うと、衣斯哈《イシハ》はうなずき、さきに立って歩きだした。序家へ向かうあいだに、衣斯哈は界島《ジエ》に至ったいきさつや、海燕子《ハイイエンヅ》に世話になったこと、千里《せんり》たちを助けたときの様子などを語った。

「昭《しょう》さんというおばあさんが、とてもいい薬を煎《せん》じてくれて、序さんも、すぐにあたたかい寝床《ねどこ》と衣を用意してくれました。ふたりとも、千里さんたちを知ってたそうです。それで、とても親切にしてくれました」

「なるほど」

とにもかくにも、千里が無事でよかった。その姿を見るまでは、まだ安心しきれないが。なかなかに急勾配《きゅうこうばい》の坂道がつづくが、寿雪は気持ちが急《せ》いて気にならなかった。序家に到着し、寝床に起きあがった千里の姿を見て、寿雪はようやく自分の息があがっていることに気づいた。汗も噴き出ている。

「烏妃《うひ》さま」

千里は髷《まげ》をほどいて髪を垂らし、ゆるく結わえている。肌触りのよさそうな綿の衣に身を包んでいた。やつれたふうではあったが、顔色は悪くない。いかにも苦そうなにおいのする薬湯《やくとう》の椀を手にしていた。

「……元気か」

寿雪《じゅせつ》は、なにを言っていいかわからず、そう尋ねた。千里《せんり》は微笑し、「元気です」と答えた。

「烏妃《うひ》さまこそ。目を覚まされたのですね」

「おぬしの文《ふみ》を受けとるころには。妙なものだな、わたしが目を覚まし、こたびはおぬしが眠っていた」

千里はさわやかに笑った。

「皐《こう》州から渡ってこられたのですか？　噴火は」

「梟《ふくろう》が抑えておる。噴火は、楽宮《ささらのみや》の海神のせいだ。いや、海神を鼇《ごう》の神が刺激したせいか」

寿雪は千里のそばに歩みより、寝床のかたわらに腰をおろした。温螢《おんけい》と淡海《たんかい》は部屋の入り口に控えている。

「ともかく……無事でなによりだ」

ふう、と息を吐く。手で額《ひたい》の汗をぬぐった。千里が盆に置いてあった手巾《しゅきん》をさしだし、

「お水でも持ってきてもらいましょう」と入り口にいる温螢《おんけい》たちに目配せした。温螢がすぐにその場を離れる。しばらくして、温螢は水差しとともに粥《かゆ》を盆にのせて戻ってきた。

「厨《くりや》にいた媼《おうな》が、董《とう》どのに粥を食べるようにと」

「ああ、昭《しょう》さんですね。ありがとうございます」

とろとろになった粥には、茹《ゆ》でた鶏肉《とりにく》が入っているようだった。

「昭さんは、界《ジエ》島の巫婆《みこ》一族の末裔《まつえい》のようです。文にも記しましたが」

「ああ……噴火を鎮めたという」

「界島の海には、楽宮《ささらのみや》の海神が御座《おわ》すのですか？　とすると、界島の人々が拝《おが》む海神というのは、楽宮の神なのでしょうね」

「ここは、境界なのだそうだ。幽宮《かくれのみや》と楽宮の」

「ほう、境界。そのようなものがあるのですね。興味深い」

やはり千里《せんり》は、千里だ。いつでもこういうところに食いついてくる。

「なわばりを荒らされれば誰だって怒る。噴火はそういうことだ。ついては、さっさと鼇《ごう》の神を倒さねばならぬ。梟《ふくろう》が質になっておるゆえ」

寿雪《じゅせつ》は梟が海神と交わした約束を説明する。それを聞いた千里は、「では、早急《さっきゅう》に半身を手に入れねばならないということですね」と難しい顔をした。

「この島にあるのはたしかなようなのだが——」

「ええ、それについてですが」

千里《せんり》はふたたび入り口に目を向ける。「衣斯哈《イシハ》はいますか？」

「庭に。呼んできますよ」と淡海《たんかい》がその場を離れた。衣斯哈は星星《シンシン》を抱えてすぐにやってくる。

「お呼びですか」

「衣斯哈、私たちを助けてくれたときのことを、烏妃《うひ》さまに話してくれないか」

「はい」と衣斯哈は目をぱちぱちさせる。星星を放すと、そばにやってきてかしこまった。

「その話なら、さきほど聞いたが」

「黒刀のことはお聞きではないでしょう」

「なに？」

黒刀——烏《からす》の半身のことだ。「どういうことだ」

「あの、それを見ていたのは那它利《ナタリ》で、僕が見たわけではないのですが……」

そう前置きする。那它利というのは、海燕子《ハイイエンツ》の少年だという。

「白雷《はくらい》のおじさんが、浜に流れ着いてきた黒刀を、拾っていたって。鞘《さや》もない、黒い刀身だったから、よく覚えてるって……」

——白雷《はくらい》が。

それはつまり、烏《からす》の半身は鼇《ごう》の神の手中だということではないのか。寿雪《じゅせつ》は青ざめた。

「白雷は、いま——そうか、おらぬと言うておったか」

「はい、いなくなってしまいました」

「船が出ませんから、島内にはおりましょうが……」と千里《せんり》が思案げな顔で言う。

「令狐《れいこ》どののもいないのが、気がかりで」

「之季《しき》もか」寿雪は考えこむ。

「おかしなことになっておらぬとよいが」

「おかしなこと……とおっしゃいますと？」

「白雷は、之季の妹の仇《かたき》だ」

千里はかすかに声を洩《も》らして、口もとを押さえた。

「どうした。気分が悪くなったか？」

「いえ——いえ、そうでしたか。妹の仇……それであんなことを」

千里は眉をひそめている。なにに対しても超然としている千里が、めずらしくうろたえていた。

「なにかあったか」

「令狐《れいこ》どのに、訊かれたのです。復讐をあきらめるべきか、どうかと」

「……それで？」

「腹をくれ、と言いました。意志を貫《つらぬ》くのであれば、覚悟をなさい、と――」

寿雪《じゅせつ》は手もとに視線を落とした。――覚悟を決めたのだろうか。どういう覚悟だ？

「令狐どのは、迷っていたのです。いえ、いまも迷っているのでしょう」

「そうだな……あの男はずっと、迷っている」

寿雪はしばし思案したあと、腰をあげた。

「よし、之季《しき》を追う」

「令狐どのを、ですか」

「之季はおそらく、白雷《はくらい》をさがしている。あるいは、もう見つけているか。どちらにせよ、わたしたちは之季と合流したほうがよい。之季を追えば、自然と白雷を追うことにもなろう」

之季の寝床は、と衣斯哈《イシハ》に問う。「こちらです」と隣の部屋へ案内された。淡海《たんかい》にその辺で木切れを拾ってくるよう頼み、温螢《おんけい》から匕首《ひしゅ》を借りる。

「どうなさるんです？」

匕首を受けとろうとしたところで温螢に訊かれて、

「木切れを削って、ひとがたを作る」

と答えると、温螢《おんけい》は渡しかけた匕首をとりあげた。

「私がやりましょう。ひとの形に削ればよろしいのですね」

「いや、わたしが――」

「いけません。娘娘《ニャンニャン》、ひとには誰しも得意なこともあれば、不得意なこともあるものです」

「……」

寿雪《じゅせつ》は手先が器用なほうではない。諭《さと》すように言われて、しぶしぶ、寿雪は温螢に任せることにした。ひとがたを作るのは誰でもいい。

薄い木切れを小さなひとの形に削り、そこに之季《しき》の名を墨で記す。褥《しとね》に落ちていた之季の髪を巻きつけると、寿雪は手のひらに熱を集めた。薄紅《うすべに》の花がつぎつぎに生まれ、ひとつの花となる。それに息を吹きかけた。玻璃《はり》が砕けるように花弁が飛び散り、ひとがたに降り注いだ。ひとがたはやわらかく震え、その姿を変える。伸び縮みをくり返して、色は黒く、形は鳥へと変わってゆく。それは黒い羽毛に包まれた体を、ぶるりと一度大きく震わせた。鳥が一羽、現れる。黒々とした瞳に光がともる。鳥は翼をはばたかせ、飛び立った。

窓から外へと、烏は飛んでゆく。寿雪たちはそれを追った。

——山か？

烏の姿は港とは逆の、内へ内へと進んでゆく。つまりは山だ。島民は漁師や海商《ハイシャン》がほとんどで、仕事柄、海のそばに住まいを置く。だから山のほうに人家はすくないが、不思議と道はできている。なぜだろうと思えば、ときおり石丁場《いしちょうば》が現れた。石を掘り出し、削り、港まで運ぶようだ。石工《いしく》が忙しそうに働いているところもあれば、もう掘り尽くされたのか、うち捨てられたようなところもあった。

烏はどんどん山奥へと分け入ってゆく。すでに道はない。足もとはごつごつとした岩場で、気を抜けばすぐ転びそうになる。烏は木々のあいだをすり抜けるように飛んで、やがて景色がひらけた。崖の上だ。その向こうに山が見えるところからすると、峡谷《きょうこく》のようだ。烏はその谷へと飛んでゆき、視界から消えた。寿雪《じゅせつ》が手をついて谷をのぞきこもうとしたのを、温螢《おんけい》と淡海《たんかい》にとめられる。淡海が腹ばいになって、下をのぞいた。

「ああ、谷自体は深いんですけど、その途中、ここの真下に降りたあたりが、ちょっとした台地になってるんですよ。誰かいますね。男がふたり。ひとりはあの令狐《れいこ》ってひとですね。あとひとりは……白雷《はくらい》でしたっけ。片目を布で覆った男です」

「どのような様子だ？」

「話をしている様子ですが、和《なご》やかとは言いがたい雰囲気ですね。遠目なんで、はっきりとはわかりませんが」

「下に降りられそうか？」

淡海《たんかい》は下や周囲を見まわす。

「遠回りになりますけど、ここからぐるっと回りこむ形でなんとか行けそうですね」

と、指で横手をさした。木々が生《お》い茂る、なだらかな斜面になっている。

「では、急ごう」

淡海を先頭にして、寿雪《じゅせつ》は足場の悪い斜面をすこしずつ降りていった。

之季《しき》は白雷《はくらい》の行く先を追った。島民に白雷らしき者を見なかったか訊いてまわり、どうやら山中にいるとわかった。白雷の出《い》で立ちは特徴的なのだ。だから覚えている者は案外いた。

――なぜ山なのだろう。

島から出るつもりなら、船が出るのを待つため、港近くに向かうだろう。噴火が収まろうと収まるまいと、しばらく島を出るつもりはないということか。あるいは、山に目的があるのか。

古い石丁場の跡を通り過ぎ、奥の林に足を踏み入れる。地面は赤茶色の岩滓《がんさい》で覆われており、大きな岩が埋まっているのか、ところどころ岩肌がのぞいていた。大小さまざまな岩石も転がっている。足場が悪く、歩くのに苦労した。

地方を転々とした之季《しき》だが、この山の様相ははじめて見る。洞《どう》州の荒々しい山とも、賀《が》州の明媚《めいび》な山とも違っていた。

息を切らして斜面を登ると、視界がひらける。空が広がり、その下に峡谷があった。あいにくの曇り空だが、風が吹き抜けて汗を冷やした。首筋の汗をぬぐい、之季は竹筒に入った水を飲む。途中、山に入るならと島民がくれたものだった。これも島民がくれた干し棗《なつめ》を口に放りこみ、之季は左右を眺める。この地面では足跡は残らない。白雷《はくらい》はどちらに向かっただろう。

之季はしゃがみこみ、白雷の通った痕跡がないかと目を凝《こ》らす。ふと、生い茂る木々の若い枝がいくつか切り払われているのに気づいた。歩くのに邪魔だから除いたというふうだった。

——これが白雷の痕跡とはかぎらないが……。

とりあえずこちらに向かってみよう、と之季は歩きだす。木で見えにくいが、斜面が回りこむように峡谷のほうへとつづいているようだ。幹や枝につかまりながら、滑りやすい斜面を慎重に降りてゆく。枝のさきに、いくらかひらけた台地があるのが見えた。はっと、之季《しき》は足をとめる。そこにうずくまるひと影があった。うしろ姿だが、間違いない、白雷《はくらい》だ。どうやら台地に生えている草をとっているようだった。薬草だろうか。こちらに気づく様子はない。之季の息があがった。足を踏みだそうとして、之季は、うしろをふり返った。袖《そで》を引かれた気がしたからだ。

小明《しょうめい》がいた。生きていたとき、そのままの姿で。小花柄を捺染《なっせん》した、薄黄色の上衣《うわぎ》は見間違えようもない。いままで袖を引く手だけは見えても、姿そのものは見えたことがなかった。慎《つつ》ましげな美貌も、頼りなげなまなざしも、なにも変わらない。小明だった。

「小……小明……」

声がかすれて、まともに出てこない。言葉はいくつも溢《あふ》れそうになるのに、なにひとつ出てこなかった。之季はその場に膝をつく。

小明は之季を見つめ、静かに首をふった。不安そうな――いや、かなしげな顔をして。

――とめるのか。ここまで来て。

記憶に残る、小明の死に顔が浮かんで、目の前の小明に重なる。婚家《こんか》で無残に殴《なぐ》り殺された小明の。か細い体に残された痣《あざ》、血の気《け》のない頰、閉じられた瞼《まぶた》に残る涙の跡。そんなものがまざまざと思い出されて、之季は地面に突っ伏した。赤茶色の岩滓は脆《もろ》く、握りしめると簡単に砕けた。砕け散る赤い色が血のように思えた。

顔をあげると、小明《しょうめい》は淡くほほえんでいた。生きていたころのままに。ほんのすこし困ったような、頼りなげな笑いかただ。小明はいつも、そんなふうに笑った。

之季《しき》は黙ってそのほほえみを見つめた。見つめながら、高峻《こうしゅん》の言葉を思い出していた。

——憎む相手がいなくなってさえ、憎しみは消えないのだ。からっぽの胸のうちで、埋《うず》み火がずっと燃えている。

之季の胸のうちでも、ずっと炎が燃えている。白雷《はくらい》を地にたたき伏せ、血と屈辱にまみれさせて殺してやりたい——そんな憎しみの炎が。

小明は黙ってただ、ほほえんでいる。之季は手をついてふらりと立ち、白雷のほうへと歩きだした。足音に白雷がふり返る。彼はけげんそうな顔をして、立ちあがった。片手に奇妙な黒刀をさげていることに、はじめて気づいた。

「おまえは……」

「令狐《れいこ》之季だ。賀《が》州で観察副使をしていた。生まれは歴《れき》州だ、月真教《げっしんきょう》のあった」

月真教の言葉にも、白雷は表情を変えなかった。月真教はかつて白雷のいた教団で、彼はそれをもとに自《みずか》ら教主となって賀州で八真教《はっしんきょう》を作った。

「それで」と、白雷は感情のない声で問う。「俺になにか用か」

「俺の妹は、月真教の信徒となった婚家の者たちに棒で殴り殺された。覚えていないだろうが、彼らを入信させたのはおまえで、悪いものに取り憑《つ》かれた人間は棒でたたけば治るなどと吹きこんだのもおまえだ」

感情を抑えてしゃべろうと思うほど、声が震えてくる。白雷《はくらい》は変わらぬ顔色で、「覚えていない」と平然と答えた。

「そうだろうな。覚えていたら、八真教など作らぬだろう」

「月真教の信徒が何人か、馬鹿なことをしでかしたのは覚えている。棒でたたけば治ると教えたのは俺ではなく、教団のもっと上の人間だ。しかし、死ぬまでたたく馬鹿がいるか。加減を知らぬからそうなる」

「言い訳を――」

「誤謬《ごびゅう》の訂正だ。恨まれる心当たりは山ほどあるが、事実と事実でないことはわけてもらいたい」

そっけなく言い、冷淡な目を之季《しき》に向ける。之季は頭がかっと熱くなり、いっぽうで指先が冷たくなるのを感じる。息が苦しかった。怒りと憎しみで、胸のなかが苦しい。炎が体の内側を焼いているようだった。

「俺は女難で命を落とすと予言されているが、――なるほど、女難といえば女難か」

ふ、と白雷《はくらい》はふいに笑った。

「おまえ、烏妃《うひ》を知っているか」

唐突な問いに、之季《しき》はいぶかしみながらも、うなずいた。

「なら、これを烏妃に渡せ」

白雷は手にしていた黒刀を、出し抜けに之季のほうへ投げて寄越した。之季はぎょっとして身を引く。黒刀は之季の前に落ちた。之季はそれを拾いあげる。刀身は間近で見てもやはり、漆黒《しっこく》だ。やわらかく光を映している。不思議な刀だった。

之季は目をあげ、白雷を見る。彼は妙に落ち着いていた。彼をはっきりと憎む者が目の前にいて、その者に刃物をわざわざ与えて、なぜそうも落ち着いているのか。——そうか、と之季は悟る。白雷は、すでに覚悟をしているのだ。之季に殺される覚悟を。

「……」

之季は無言で白雷の顔を眺める。袖を手で押さえた。息を吸いこみ、吐く。

「……勘違いしてもらっては困るが」

意外なほどに、静かな声が出た。

「俺はおまえを殺しに来たわけじゃない」

白雷はぴくりと眉を動かした。

「俺がこの場でおまえを殺したら、ただのひと殺しだ。妹の仇討ちにはならない。妹はそれを望んでないからだ。望んでいたら——小明《しょうめい》がそれを望んでくれていたら、俺は喜んでおまえを殺せるのに。そうでないなら、おまえを殺すのは俺の欲望を満たすだけの行為でしかない」

——望んでくれていたら、と思うことさえ、俺の醜い欲望だろう。

己の醜さは受け入れられるが、それで小明を汚《けが》すことは我慢がならなかった。

「小明を……汚したくない」

之季《しき》は袖を握りしめる。炎は消えない。消えるどころか、愈々《いよいよ》、燃えさかるばかりだ。燃えて、焼き尽くされてしまいそうだった。

——それでいい。

悔いと憎しみを抱えて、炎に胸のうちを焼かれながら、生きてゆけばいい。

千里《せんり》の言った覚悟というものが、いまできたような気がした。

袖が引かれる。頼りなげに、ひかえめに。之季はふり向いた。

そこに、小明はいなかった。たぶん、もう二度と、現れることはないのだろう。鳥のはばたく音がする。遠く、海を越えてはるか遠く、神の宮にたどり着いたら、いつか新しい命になる。之季は目を閉じて、闇夜にまたたく星々をまなうらに浮かべる。冷ややかでやさしい星のまたたきが、胸にしみこんでくる。それは冷たくて、ほのかに光る。消えそうでいて、たしかにともる、小さな明かりだった。

目をあける。

「之季《しき》」

寿雪《じゅせつ》がいた。

寿雪は斜面を降りながら、白雷《はくらい》と向かい合う之季に気を揉んでいた。白雷が黒刀を手にしているのに気づき、さらにはそれを之季に渡したときには、いったいなにを、とあやしんだ。白雷の様子からして之季に危害を加える気はなさそうだったが、之季は——とうかがいつつ、足もとが不安定で、之季たちのほうばかり見てはいられない。赤茶けた岩滓《がんさい》のあいまに岩が顔を出していて、そこを足がかりにすこしずつ降りる。岩の多い山だな、と思った。水はけはよさそうだが、そのぶん、地下には水が溜めこまれているはずだ。おそらくそれが湧水《ゆうすい》となって麓《ふもと》を潤《うるお》すのだろう。

「俺はおまえを殺しに来たわけじゃない」

はっとして、寿雪は足をとめた。之季の言葉を聞きながら、寿雪はゆっくりと下を目指す。

——そうか、之季《しき》は……。

彼らのいる台地に着いたとき、之季の背後に小明《しょうめい》の姿が見えた。その姿は溶けるように薄らいで、消え失せる。鳥のはばたく音がした。

——小明が迷いなく幽宮《かくれのみや》まで飛んでゆけますように。

寿雪《じゅせつ》は祈った。之季のもとへ歩みよる。之季は寿雪を見て、驚きはしたものの、どこか来るのがわかっていたような顔をした。

「烏妃《うひ》さま」

「小明が飛んでいったぞ」

之季はかすかに笑った。ほんのすこし、さびしげでもあった。

寿雪は白雷《はくらい》に目を移す。彼はあいかわらず険のある顔つきをしている。寿雪のほうを見ようともしない。

「白雷」

寿雪は之季の手にある黒刀をちらりと見る。白雷の魂胆がわからず、警戒していた。

「なにゆえ、手放す？」

「いらないのか？」白雷は問いで返す。

「鼇《ごう》の神に脅《おど》されておるであろう。半身を見つけねば、阿俞拉《アユラ》と衣斯哈《イシハ》を食らうと」

「素直だな」

白雷《はくらい》は妙に感心したような、あきれたような調子で言った。

「どうしてあれの言葉を信用できるのか、そちらのほうが不思議だが」

「……ああ……」

——半身を差し出したところで、鼇《ごう》の神が阿俞拉《アユラ》たちになにもせぬとは限らぬか……。

「では——」

こちらに味方するということか、と言いかけたとき、頭上から声が降ってきた。

「白雷、やはりなんじとは水が合う」

少女の声だった。ふり仰げば、いつか見た少女が寿雪《じゅせつ》たちを見おろしていた。隠娘《いんじょう》——

いや、阿俞拉だ。

阿俞拉の顔に表情はなく、瞳は洞《うろ》のように黒々として見えた。

「おまえは」

白雷が舌打ちした。「鼇の神か」

なに、と寿雪は阿俞拉に目を凝らす。

「なぜだ。海は遠く、ここには水もない。そういう場所を選んだのに」

白雷は声を荒らげる。之季《しき》にも寿雪にも見せなかった動揺だった。阿俞拉が笑う。

「水がなくば、われはこの娘に干渉《かんしょう》できぬ。そのとおりだ。だが、白雷《はくらい》よ、われはこの島のことはよく知っている。なにせ、千年前にも戦った場所だ。あのときも楽宮《ささらのみや》の海神は怒り、火を噴いた」

阿兪拉《アユラ》の身は、すっかり鼇《ごう》の神に奪われたようだった。阿兪拉の口で、阿兪拉の声で、鼇の神は語る。

「知らぬだろう。そこの峡谷は、もとは水が流れていた。海神が火を噴いたときに涸《か》れてしまったが」

「涸れているなら――」

白雷と鼇の神のやりとりに、寿雪《じゅせつ》は気をとられていた。あっと思ったときには、すぐ横に、羽衣《うい》がいた。

鼇の神の使い部《べ》。宦官《かんがん》として庫《くら》の番をしていたころと変わらぬ格好で、羽衣は現れた。

「羽《う》――」

「鼇の神がご所望《しょもう》ですので」

言うや否《いな》や、羽衣は之季《しき》の手から黒刀をひょいととった。阿兪拉《アユラ》が笑い声をあげる。かっと、寿雪の内側が熱を持った。

「羽衣！」

烏《からす》だ。烏が怒り、力がはじける。それが羽衣《うい》に向けられた。が、羽衣はひらりと羽根のように跳びあがり、軽々と崖を駆けのぼった。代わりに羽衣の背後にあった岩が砕け散る。周囲の岩肌にもひびが入った。

笑い声が降ってくる。鼇《ごう》の神が笑っている。そのかたわらに黒刀を捧げ持つ羽衣が立った。

「烏よ、千年たってもなんじは考えることをせぬ」

岩肌に入った亀裂が、濡れている。水がしみだしている。

「娘娘《ニャンニャン》！」温螢《おんけい》が寿雪《じゅせつ》の腕を引いた。淡海《たんかい》が「地下水だ、噴き出るぞ！」と叫んだ。

「だから、われに負けるのだ」

勝ち誇ったような声が聞こえた。岩が砕けて、内側から勢いよく水が溢れ出る。それを皮切りに、あちらこちらの壁から水が噴き出てきた。水はけがいいということは、その下に水を溜めこんでいるということ——斜面を歩きながら、寿雪も気づいていたことだ。

——千年前の噴火で涸れた水脈が、再度の噴火で湧出する。

寿雪は温螢に手を引かれ、斜面を登ろうとしたが、間に合うはずもない。爆音とともに、岩肌は一気に崩れ、水がほとばしった。

寿雪はそのまま、奔流《ほんりゅう》に呑みこまれた。

＊

賀州《がしゅう》でも冬になれば雪くらい降るが、山頂以外、積もるのは稀《まれ》だ。雪は降るはしから溶けて消え、雨が降ったのと変わらない。それが、ここではどうだ。雪は真綿のようだった。ふわりと軽く落ちて、溶けることなく、つぎからつぎへと折り重なってゆく。冷たいはずなのに、あたたかそうですらあった。

亘《こう》は有奚《ゆうけい》の長《おさ》が用意してくれた一室にいたが、とっぷりと日が暮れてから、使用人を通じて聶《じょう》に呼び出された。

「ひと晩もいりませんでしたか」

笑う亘に、聶はにこりともしなかった。無言で己の家のほうに足を向ける。亘は彼のあとに従い、歩いていった。あたりは暗闇に包まれているが、積もった雪がほの白く浮かびあがっている。まったく降りやみそうにない雪が、みるみるうちに足跡を覆い隠していった。風が出てきて、雪は頬を打った。

「話を聞こう」

聶は納屋《なや》のほうに入り、腰掛けに座る。亘は板間に腰をおろした。風ががたがたと戸を鳴らすが、竈《かまど》にはまだ火が入っていて、室内はじゅうぶんあたたかい。いつも夜更《よふ》けまで轆轤《ろくろ》を挽《ひ》いているのだろうか。

「そう難しい話じゃないんですよ。ようは、あなたは気づかれぬよう山を下りて、追っ手もかからぬようにすればいい」

「それが難しいから、俺はまだここにいる」

「必要なのは、混乱です。あなたのことなど追いかける余裕もないほど、混乱が起きればいいんです」

「混乱……？」

「容易なのは、火事を起こすことですが。それだけでは弱いでしょうね。官府《かんぷ》を介入させることができれば、長はその対応に追われます。兵を引っ張り出せるとなおいいでしょう。混乱が起きれば起きるほど、収拾をつけるために皆が奔走《ほんそう》し、釈明し、おおわらわです。落ち着くころには、あなたは遠くに逃げている——」

「官府が絡《から》むような事態など、よほどでなくばないぞ」

「よほどのことを、起こすんですよ」

聶《じょう》はいぶかしむように眉をひそめる。

「無理だ。こんな鄙《ひな》に、たいした火種はない」

「あるんですよ」

亘《こう》は笑った。

「私です」

「なに？」

「私はね、沙那賣亘《サナメ》といいます。──陛下の妃《きさき》が懐妊していることは、ご存じですか？」

「え？　ああ……そんな話は、聞いたな。たしか、妃がふたりも身籠《みご》もってめでたいと年寄りが騒いでいた」

「そうです。その妃のひとりが、私の妹なんですよ」

聶《じょう》は目をみはった。この男が虚《きょ》を衝《つ》かれるのをはじめて見た。

「はは、驚きましたか。まあ、こんな場で証《あかし》にできるものもないんですが。過所《かしょ》（身分証）はありますが、あなたは妃の名を知らぬでしょう。でも、ほんとうかどうかなんて、いまはどうでもいいんですよ。それをたしかめるのはあなたではなく、官府ですから」

「……話が見えんが」

「たとえば、火事のさなか、私が何者かに刺されて大怪我を負ったとします。部族の誰かが、麓まで医者なり助けなり呼びに行く。そして州院《しゅういん》に駆けこむ。皇帝の妃の兄が暴動に巻きこまれ、刺されたと。確認のために役人が来るでしょう。暴動ではなくただの怪我だと釈明しなくてはなりませんが、正確な事実がはっきりするまでは混乱します」

──反乱の起こる余地がないなら、べつに起こさずともよい。

反乱らしき騒ぎが起これば、それをたしかめに官府は動く。亘《こう》が妃の兄であることも、刺されたことも事実。そこで亘が反乱は事実だと申し添えれば、どうなるだろう。いずれ真実は知れるにしても、第一報はすみやかに京師《みやこ》へ届く。真実が判明するまで、朝廷は悠長に遺児を生かしておくだろうか。殺したほうがはるかに安全なのに。

聶《じょう》は腕を組み、考えこんでいる。

「……その、州院に駆けこむ役目を、俺がしろと?」

亘はうなずく。

「そのまま逃げればいいんですよ。簡単でしょう?」

「そううまくいくとも思えんが……」

「まあ、細かいところはともかく、火事が起きる、私が刺される、なんていうだけでたいへんでしょう。それに乗じて逃げればいい、というだけのことです」

聶は首をかしげる。

「あんた、ほんとうに刺されるのか? それとも真似事か?」

「真似事では大事になりませんよ。刺してください」

「俺が？」

「ほかにいますか。無理なら、自分で刺すしかないんですが、さすがにね」

亘《こう》は笑った。聶《じょう》は変な顔をしている。

「怖《お》じ気《け》づきましたか」

「いや、どう考えても、あんたの損しかないからさ」

ふと、亘は真顔になった。

「ええ……損しかないんですよ。ほんとうに……」

「じゃあ、なんで」

「そうするしかないからです」

亘は顔を背《そむ》けた。どんどん、と戸が鳴る。吹雪《ふぶ》いてきたのだろうか、と思ったが、違った。聶が立ちあがる。誰かが戸をたたいているのだ。

聶があける前に、戸はひらかれた。雪を被った慈恵《じけい》の厳しい顔が、にゅっとなかに入ってきた。

亘は思わず立ちあがる。慈恵は頭や肩に積もった雪を払い、じろりと亘を、次いで聶を見た。

「あんたは、塩売りの……」

事情を呑みこめぬふうの聶《じょう》が、眉をひそめている。慈恵《じけい》は彼に目を向け、「聶どの」と声をかけた。

「貴殿の妹御《いもうとご》が、晢《せき》どのに知らせに来てな。どうも、兄と客の商人の様子がおかしいと。心配しておったぞ」

聶は気まずそうに目をそらした。亘《こう》は舌打ちする。あの臆病そうな娘。ほうっておくのではなかった。

「いいかげんにせんか」

慈恵は亘を叱《しか》りつけた。

「事情もよく知らぬ者を巻きこむな」

「巻きこんでるんじゃありません。私は手を貸すだけですよ」

「いいから来い」

慈恵は亘の衿《えり》をつかみ、納屋からつれだす。それなりの体格をした亘を難なく引っ張っていく、彼の膂力《りょりょく》に驚かされた。

——馬鹿力だとは思っていたが。

塩を扱う商人というのは、皆こうなのだろうか。まさか。

「放してください」

声をあげると雪が口のなかに入ってくる。外は吹雪いていた。手をふりまわすと、鈍《にぶ》い音がしてつかまれる力が緩《ゆる》んだ。ぐう、とうなる声がする。拳が慈恵《じけい》の顔を打ったらしい。その隙《すき》に慈恵から離れ、納屋のほうへとあとずさる。慈恵は鼻をさすっていた。

「慈恵どの、私は――」

「儂《わし》の言ったことを、覚えておるな?」

――儂はおまえを死なせはせん。おまえがなにを企もうと、儂がとめる。

慈恵の声が耳によみがえる。

「とめに来た」

まっすぐ亘《こう》を見すえて言う慈恵に、亘は顔をゆがめた。

――どうして、このひとは。

かっと胸が熱くなる。亘は唇を嚙みしめた。

戸口から漏《も》れる明かりで、周囲がほんのり浮かびあがっている。晳《せき》と聶《じょう》の妹が、母屋の近くに寄り添って佇《たたず》んでいた。

「おまえたちは、母屋のほうに入っていなさい」

慈恵が晳たちに言う。ふたりはうなずいて、母屋に向かった。だが、ふいに足をとめ、納屋の戸口のほうを見て目をみはった。

「聶《じよう》さん！」

晢《せき》の叫び声に、少女の悲鳴が重なった。ふり向くと、納屋のなかが妙に明るい。燃えているのだった。

竈から薪《まき》が引き出され、床に散らばる木くずに火が燃え移っている。糸車も紡《つむ》いだ糸ごと燃えていた。納屋のなかは、燃えやすいものばかりだ。炎を背に、聶が木挽きの道具である鉋《かんな》を集め、布にくるんでいた。

聶が火をつけたのだ。

少女が雪の上にくずおれて、晢がそれを支える。聶は一本の鉋を手に、ゆっくりと納屋を出てきた。鉋の刃が炎に照らされ、光る。

聶は亘《こう》に向かって駆けよってくる。鉋を両手で握りしめ、腰の脇あたりに構えていた。彼の目的を悟って、亘は棒立ちになった。

無理矢理にでも実行するつもりなのだ。いまを逃しては山を下りられぬ、と思ったのか。唆《そその》かしたのは、亘である。これでいい、と頭では考え、逃げろ、と心は叫んでいる。動けなかった。

「馬鹿者！」

慈恵の怒鳴り声が聞こえて、亘は、突き飛ばされていた。聶の持つ鉋の刃が、雪のなかで閃く。鮮血が雪の上に散った。

刃は慈恵《じけい》の脇腹をえぐっていた。脇腹を押さえ、慈恵は膝をつく。

「——慈恵どの！」

そう叫んだつもりだったが、言葉は声にならなかった。息を喘《あえ》がせ、亘《こう》は慈恵のそばにしゃがみこむ。ううむ、と慈恵は答えるようにうめいた。

聶《じょう》は身を翻《ひるがえ》し、雪のなかに消えてゆく。晳《せき》は少女と抱き合い、へたりこんでいる。青ざめて口をぱくぱくさせていた。それを見て、亘は急に冷静さを取り戻した。うろたえている場合ではない。

「近くの家に運びこむ。手伝ってくれ」

慈恵の腕を肩に担《かつ》ぎ、晳に指示する。晳は青ざめた顔で何度もうなずき、ふらつきつつも立ちあがった。少女は顔を覆って泣いている。

「……待て。儂はいい」

慈恵が手をふり、うなるように言った。「脇腹をかすっただけだ。血は出とるが、たいした傷ではない。それより、火だ。ひとを集めて火を消せ。集めんでも寄ってくるだろうが……」

そう言ったとおり、ほうぼうの家から泡を食った様子で駆けてくる人影があった。

「晳《せき》どの、火事を長に知らせに行け。あの木地師は放っておけばいい。どうせ吹雪《ふぶき》でいくらも進めん」

「は——はい」

晳は転がるようにして走っていった。

「慈恵《じけい》どの」たいした傷ではない、ということはないだろう、と亘《こう》は思う。

「ここから離れる。すまんが手を貸してくれ。有昃《ゆうそく》に戻りたいが……」

「無理ですよ。この雪ですし、その傷では」

やはり、傷は深いのだ。歩くのに手を貸さねばならぬほど。

「この場にとどまるわけにはいかん。有奚《ゆうけい》の者が儂に手傷を負わせたと知られては、面倒なことになる」

「……」

その面倒を起こすために、亘はあの木地師を唆したのだ。だが、傷を負ったのは亘をかばった慈恵だった。

「あちらから坂をくだって、集落の入り口あたりまで迂回してくれ。その近くに、来たとき会ったろう、老人の家がある。あの者なら、うまく取り計らってくれる」

亘は唇を嚙みしめ、慈恵を支えて歩きだした。大柄な慈恵を支え、吹雪のなか、雪道を行くのは容易ではない。さして遠くないはずの道のりが、峠越えでもしているかのようだった。

老翁《ろうおう》も火事の騒ぎに気づいていたようで、戸外に出て心配そうにしていた。慈恵《じけい》と亘《こう》を見つけるとあわてたが、慈恵が騒がぬよう頼むと察したようにうなずき、黙って家のなかへと招き入れた。

部屋のなかはあたたかく、ほっとする。老翁は慈恵の衣を脱がせて、傷をたしかめた。

「なるほど、裘《かわごろも》や毛織物を着こんでおったおかげで、命拾いしましたな。頑丈な体をしておられるしのう、なかの臓腑は傷ついておりますまい。肉が裂けて痛いでしょうが、まず心配ありますまい」

狩りもするからか、肉体について詳しい老翁はそう言い、棚から小瓶をとりだした。飴《あめ》色の油のようなものが入っている。馬の脂《あぶら》なのだという。それを傷口に塗って、晒《さらし》を巻き、慈恵を寝床に寝かせた。老翁は竈にかけた鍋で薬湯を作りはじめる。薬独特のにおいが漂いはじめる。

「羊舌《ようぜつ》のだんなは丈夫ですから、明日には歩いて帰れるくらいにはなるでしょうよ」

「はあ……」ほんとうだろうか。亘は慈恵のかたわらに腰をおろし、様子をうかがう。出血のためか、慈恵の顔色は白っぽく、病人のそれだった。

「塩商《しおあきな》いをしておるとな、危ない目にも遭《あ》う。盗賊に遭ったこともある。これしきのことは、怪我にも入らぬ」

目を閉じたまま、ゆっくりと慈恵《じけい》は言った。亘《こう》はうなだれた。

「どうして……どうして、俺をかばったりなんかしたんです？　あれは、俺が望んで招いたことですよ」

「望んだわけでは、あるまい」

傷に障《さわ》るのか、慈恵の声は小さい。ふう、とつらそうな息も吐いた。

「すみません。しゃべらないでください」

そう言ったが、慈恵はまた口をひらいた。

「おまえは、望んだわけではないぞ」

おなじような言葉をくり返す。亘は、額を押さえた。

「逃げたかったろう。おまえはいつでも、逃げだしたくてしかたがない、という顔をしておったぞ」

「嘘だ……」

「嘘ではない。おまえは、逃げていいのだ。いままで、よくがんばってきたな。逃げていい。儂のところへ、逃げてこい。儂には、跡取りがおらんのでな」

亘《こう》は顔を両手で覆い、褥《しとね》に額を押しつける。手のひらが濡れて、褥にもしみこんでいった。慈恵《じけい》の大きな手が亘の頭を撫でる。亘はふいに、父に頭を撫でられることはおろか、まともに触れられたことさえなかったことを思い出した。

慈恵の手が亘の背中を撫でおろす。亘は褥に顔を伏せたまま、背中に置かれた大きな手のあたたかさを感じていた。


火は納屋をひとつ燃やし尽くしただけで消えた。聶《じょう》は吹雪のなかすぐに捕まり、有奚《ゆうけい》の長の判断で山を放逐《ほうちく》された。

老翁の言ったとおり、慈恵は翌日にはひとりで歩けるほどに快復して、数日ののち、亘は彼とともに山を下りた。

賀《が》州には戻らず、解《かい》州へと向かい、その後二度と、賀州の地に足を踏み入れることはなかった。

＊

晨《しん》は賀州の港に降り立った。もう戻らぬと決めた地だった。それがこうもすぐに帰ってくることになろうとは。——いや、これが最後だろう。

まっすぐ沙那賣《サナメ》の屋敷を目指す。もはや寄り道をするさきはない。

大門をくぐれば、下男があわてて飛んできた。「構わなくていい、急ぎの用だ」と告げ、

「父上はいるか」と訊《き》いた。

「ずいぶんと早く帰ってきたな」

奥の堂から朝陽《ちようよう》が現れた。

「界《ジエ》島で海底火山が噴火したと聞いたが——」

以前とすこしも変わらぬ態度に、晨《しん》は納得するような、落胆するような気持ちになった。

「港はたいへんな騒ぎです。すでに陛下の御耳にも届き、刺史《しし》が動いておりましたが、と
うぶん船は出せぬでしょう」

「それでは界島の様子もわからぬであろうな。界島が使えぬとなれば、交易にどれほどの
打撃となるか……」

「いまのところ、界島そのものに大きな被害が及ぶような噴火ではないように見えました
が」

そうか、と朝陽はうなずき、広間へ来るよう、目線でうながした。磚《せん》を敷きつめた中庭
を横切り、正面の堂へと入る。青みを帯びた灰色の磚が敷かれた広間だった。屋敷でいち

ばん大きな部屋だが、磚といい黒褐色《こつかつしょく》の格子戸《こうしど》といい、沙那賣《サナメ》らしいしつらえである。質素というのではない。飾りけがないように見えて、磚も木も凝った上質なものを使っている。そうした好みは沙那賣一族に共通するものだった。

朝陽《ちょうよう》は床几《しょうぎ》に腰をおろし、晨《しん》も向かいに座る。

「急ぎの用とはなんだ」

無駄口を嫌う朝陽は、すぐにそう問うた。晨は朝陽の顔を正面から眺めた。まじまじと見るのは、はじめてかもしれない。精悍《せいかん》な面差《おもざ》しには、翳《かげ》りがあった。どこか疲れたような翳だった。

朝陽は眉をひそめ、「晨」と答えを求めた。

「……陛下からの命《めい》をお伝えに参りました」

「陛下から？」朝陽の声音はあきらかにいぶかしんでいた。

「どういうことだ。いつそんな命を」

「皐《こう》州の港にて承《うけたまわ》りました。――父上、陛下は父上に隠居と蟄居《ちっきょ》を求めておいでです」

朝陽の目がまたたいた。瞳に光と陰が交互に宿る。

「ほう」

ひとこと言って、朝陽は嘘か真かを計るように目を細めて晨を見た。

「陛下は、父上がそれに従うなら、沙那賣《サナメ》一族を罪には問わぬと仰《おお》せです」

「……なるほど」

朝陽《ちようよう》は天井を仰いだ。晨《しん》には父がなにを考えているのか、読めない。

「父上、これは陛下のご厚情です。晩霞《ばんか》が身籠もっているためかもしれませぬが、陛下はずいぶんと寛大な扱いをなさってくださる。陛下は——」

晨は言葉をとめた。朝陽が肩を揺らして笑ったからだ。

「父上」

「晨、おまえはまだ、わかっておらぬ」

「……なにをです？」

「聡《さと》いが、根がまっすぐすぎる。杳《よう》に似たな」

喉の奥がかっと熱くなり、逆に胸の底は冷えた。どんな感情を持っているのだか、己でもわからない。杳というのは、朝陽の妹で、晨の産みの母だった。

「これから陛下のために働こうと思うのなら、いますこし意地の悪さを持て。陛下にはそうしたものがおありになる」

「なにを……不敬ですよ」

「冷徹さと言えばよいか。陛下は英明で冷徹だ。よく覚えておけ」

晨《しん》は朝陽《ちようよう》をにらんだ。

「仰せに従うのか、従わぬのか、どちらです」

朝陽は薄く微笑した。

「従う。陛下にそう申せ」

ほっと、晨は小さく息をついた。──案外、あっさりと父が退《ひ》いたことに驚いてもいた。

「おまえは、沙那賣《サナメ》を継がぬつもりなのだな」

安堵《あんど》したところに、出し抜けにそう言われて、うっと言葉につまった。息を整え、朝陽の顔を見すえる。

「……沙那賣は、亘《こう》か亮《りよう》に任せようと思います」

「そうか」

と言っただけで、朝陽は反対もしなかった。晨はけげんに思う。

「これがさだめだったのやもしれぬな」

朝陽はつぶやく。

「沙那賣は──潰《つい》えるな」

「なにを言うのです」晨は目をみはる。「そうならぬように、陛下は父上の隠居ですませてくれたのではありませんか」

「いずれ、という意味だ」

「……」

「さだめであれば、しかたあるまい」

晨《しん》は朝陽《ちょうよう》の落ち着きようを不審に思う。沙那賣《サナメ》一族の安泰《あんたい》こそ、父の役目であり願いだったのではないのか。

「……父上。晩霞《ばんか》を後宮《こうきゅう》に入れ、陛下に近づいたのは、私が理由なのですか」

朝陽は晨に目を向け、どういうことか、とまなざしで問う。

「私が妹の産んだ子だから……京師《みやこ》で出世させようと」

「陛下がそうおっしゃったか」

「いいえ」

船中で晨が思い至ったことだった。沙那賣の安泰を望むなら、中央になど近づかぬのがいちばんよかったのだ。

朝陽は「なるほど」と他人事《ひとごと》のように言った。

「そう考えたわけではなかったが。あのときは、それが沙那賣のためだと思った。しかし――」

ふ、と朝陽は笑う。

「こうなってみると、間違いだったのだろう。私が沙那賣《サナメ》を滅ぼすのだ」

父の笑みに、晨《しん》は背筋がすっと冷えた。

「父上……父上は、ほんとうは、滅ぼしたかったのですか」

朝陽《ちょうよう》は笑みを消した。目をしばたたき、無言で立ちあがる。

「ち──」

「おまえは京師《みやこ》へ向かえ。陛下に復命せねばならぬだろう。もう話は終《しま》いだ」

有無を言わさぬ口調で告げ、朝陽は隣の部屋へと向かう。そちらは朝陽の私室だった。

「……はい。それでは」

晨は朝陽のうしろ姿を眺め、腰をあげる。堂を出て、そのまま屋敷から離れた。ふり返ることなく、港への道を急いだ。


朝陽は私室に入ると、厨子《ずし》から小さな箱をひとつとりだし、几《つくえ》の上に置いた。なんの装飾もない、漆塗《うるし》りの黒い箱だ。蓋《ふた》をあけると、いくつかの、大きさの違う陶製の合子《ごうす》が入っている。そのうちのひとつを手にとり、ふところにしまう。

堂を出て、厨《くりや》に向かう。忙《せわ》しく立ち働く下男に声をかけ、竈の火で手燭《てしょく》に明かりをともす。朝陽は屋敷の裏手に出ると、桑林《そうりん》の奥にある山に向かった。そこにはかつて杳《よう》が晨を産むまでのあいだ暮らした離れがあった。いまはもう誰も住む者はいないが、手入れはさせて、当時のきれいなままを保っている。

朝陽《ちょうよう》は門をくぐり、中庭を抜けて堂に至る。造りは母屋とほとんど変わらないが、部屋数はすくなく、装飾はいくらか華やかにしてあった。花模様の磚《せん》を踏み、天井の彩色を見あげる。そこにも花が描かれていた。杏《よう》は花が好きだった。賀《が》州は春になれば野にも山にもたくさんの花が咲き乱れ、それを摘《つ》みに行くのが彼女のいちばんの楽しみだった。朝陽はいつもそれにつきあい、花を摘む杏を眺めていた。

手燭を持ち、ゆっくりと部屋を見てまわる。いまでも杏のあの花のようなにおいが残っているような気がした。

美しい――なによりも尊い、宝物だった。

――もし、あの烏妃《うひ》がいたなら……。

朝陽たちの若いころに、寿雪《じゅせつ》がいたなら。忌《い》まわしきあの神宝《かんだから》を壊し、杏はいまでも生きていただろうか。

やくたいもない夢想をしてしまう。

だから、朝陽はあの烏妃を憎むのだ。

朝陽はかすかに笑い、立ちあがった。手燭を傾け、火を帳《とばり》に近づける。火はすぐに燃え移った。舐《な》めるように炎が帳を這《は》い、燃やしてゆく。それを眺め、朝陽《ちょうよう》は部屋を出る。隣の部屋でも、そのまた隣の部屋でも、おなじことをくり返した。寝室にやってきた朝陽は、寝台に腰をおろす。そこには昔と変わらず褥が敷いてあった。花の刺繍《ししゅう》が施《ほどこ》されている。朝陽は手燭を置いて、しばしその刺繍を撫でた。

火のはぜる音がする。木の燃えるにおいがする。煙がするすると広がりはじめた。

朝陽はふところから合子をとりだす。蓋をあければ、入っているのは黒い種子のような丸薬だ。沙那賣《サナメ》が卡卡密《カカミ》から霄《しょう》に渡ってきたさいに持ちこんだ毒薬だった。

隠居、蟄居などという言葉は、このような場合、自《みずか》ら命の始末をつけよという意味だ。晨《しん》に伝えさせたのは、受け入れさせるためだろう。晨を守るためならば、受け入れると踏んだ、高峻《こうしゅん》の底にある冷徹さを朝陽は感じとった。だからこそ、朝陽は彼を買っているのだが。

煙が立ちこめはじめる。朝陽は褥に火をつけた。花の刺繍が燃えてゆく。焦《こ》げてゆく。この花の名は、なんというのだったか。あの天井の花は、床の磚の花の名は……。

「杳《よう》」

朝陽はぽつりと妹の名を呼び、毒薬を口に含んだ。

炎が寝台を包みこむ。

港へ着いた晨《しん》は、沙那賣《サナメ》の屋敷のほうをふり返った。目にするのは、これが最後だろう、と。

屋敷の裏山から、ひと筋の煙があがっていた。それは淡くたなびき、空に溶けてゆく。まるで翻《ひるがえ》る披帛《ひはく》のようだった。

半身

水の勢いは激しく、寿雪《じゅせつ》は目をあけることも手足を動かすこともできぬまま、流された。己《おのれ》を押し流しているものが水かどうかさえ、しかとわからない。冷たさも息苦しさも感じないほどの衝撃だった。

――どこへ流されるのか……皆は……。

意識が薄れてくる。温螢《おんけい》たちは、どうなっただろう。無事なのか。

「寿雪……寿雪」

声が聞こえる。烏《からす》の声だ。

「大丈夫。そのまま流されたらいい。わたしが守る」

すさまじい水流の音にかき消されることもなく、その声は胸の内から静かに響いた。

「大丈夫……」

ふいに、全身が羽毛に包みこまれたようなぬくもりと、やわらかさを覚えた。

――烏。

烏の声が遠くなる。ぬくもりに包まれて、寿雪は意識を失った。

「娘娘《ニャンニャン》、娘娘」

温螢の声に目が覚めた。口からかすれたうめき声が洩《も》れる。

「どこか痛みますか、娘娘《ニャンニャン》」

「いや……」

寿雪《じゆせつ》はまばたきをくり返し、視界が澄むのを待った。温螢《おんけい》の心配そうな顔が見える。その顎先《あごさき》から水滴がしたたり落ちた。顔が、いや全身が濡れている。それは寿雪もおなじだろう。

「ここは」

寿雪は温螢に抱きかかえられていた。あたりを見まわすと、見覚えのある砂浜だ。寿雪たちの乗ってきた船がある。島の港だった。

手をついて身を起こし、うしろをふり返る。半身を起こした淡海《たんかい》がいた。その奥に之季《しき》が倒れている。さらに奥に白雷《はくらい》がいた。彼はすでに目を覚ましており、片膝《かたひざ》を立てて座っている。

「衣斯哈《イシハ》が私を起こしてくれたんです」

温螢が言う。「衣斯哈？」とさがせば、砂浜の片隅に衣斯哈がいた。その足もとには星《シン》星《シン》もいる。

「之季は、無事なのか」

「息はございます。大丈夫でしょう」

寿雪《じゅせつ》は温螢《おんけい》の手を借りて、ゆっくりと立ちあがる。

「あの山から、こんなとこまで流されてきたんですね」

そう言いながら淡海《たんかい》が近づいてきた。

「湧水《ゆうすい》が川と合流して、河口まで流されたのだろう」

温螢が周囲を眺め、推察する。

「よく生きてたもんだな、俺たち」

「烏《からす》が……」

寿雪は胸を押さえた。

「烏が、助けてくれたのだ」

寿雪たちを守って、ここまで運んでくれたのだ。

「──そのように無駄に力を使うゆえに、なんじは愚かなのだ」

笑みを含んだ阿俞拉《アユラ》の声がした。はっとしてふり返れば、汀《みぎわ》を歩いてくる阿俞拉の姿があった。背後に羽衣《うい》を従えている。羽衣は両手で黒刀を捧《ささ》げ持っていた。

「半身を取り戻してもおらぬくせに、後先を考えず力を使い果たし、疲弊《ひへい》する。それでわれと戦おうというのか?」

烏の声は聞こえない。鼇《ごう》の神の言うとおり、疲弊しているせいか。寿雪は阿俞拉のほうをにらみ、身構える。鼇《ごう》の神は阿兪拉《アユラ》の顔で笑みを浮かべたまま、小馬鹿にするような目で寿雪《じゅせつ》を見ていた。

――どうする。いったん、逃げたほうがよいのか。しかし……。

鼇の神が逃がしてくれるとも思えない。

そのとき、寿雪の脇を通り過ぎる者がいた。白雷《はくらい》である。白雷は悠然とした足どりで阿兪拉のほうへと近づいてゆく。鼇の神は笑みを消し、傲岸《ごうがん》なまなざしを白雷に向けた。

「なんだ、白雷。われに頭《こうべ》を垂れて詫《わ》びるか？　なんじは――」

白雷は無言のまま、ふところから小瓶をとりだすと、中身を鼇の神に向かって撒《ま》いた。かつて寿雪にも使ったことのある蠱物《まじもの》だ。黒い液体が蛇へと変じ、鼇の神に襲いかかる。鼇の神はわずかに顔をしかめ、足もとに打ち寄せる波を蹴った。水が渦巻き、うねって伸びあがる。それは鞭《むち》のようにしなって蛇をたたき落とした。

「かようなものが通用するとでも思ったか」

水は刃《やいば》のように形を変え、白雷の肩を打ち据える。肩口から血が噴き出た。白雷は片手で肩を押さえるが、溢《あふ》れ出る血は指のあいだから流れ落ち、衣《ころも》を真っ赤に染める。

――鼇の神の言うとおりだ。

神相手に通用するはずがない。そんなことは白雷も端《はな》からわかっているはずだ。それなのに、なぜ――。

「つぎは首を落としてくれる」

黿《ごう》の神が言い、手をあげた。足もとの波が渦巻きながら伸びあがる。水の刃が白雷《はくらい》めがけて放たれる、と思ったとき、「阿兪拉《アユラ》！」と叫ぶ声があり、阿兪拉の動きがとまった。

衣斯哈《イシハ》だった。衣斯哈は青ざめた顔をして、唇を震わせている。

「阿兪拉、しっかりして。――」

つづけた言葉は、寿雪には意味のとれぬ言葉だった。おそらく哈彈族《ハタン》の言葉だろう。衣斯哈は阿兪拉に向かって、必死に言いつのっている。阿兪拉の顔がゆがんだ。

「面倒な、哈彈の小僧め……」

黿の神がうなる。水の刃は崩れて海に落ち、阿兪拉の体がよろめく。

白雷が動いた。肩を押さえていた手を、阿兪拉の顔に向けてふりあげる。流れ出た血が阿兪拉の目にかかった。黿の神は舌打ちして顔を押さえる。つぎに白雷は握りしめていた小瓶の中身を、阿兪拉ではなく羽衣《うい》に向かって放った。黒い蛇が羽衣に絡《から》みつき、襲いかかる。その隙《すき》に白雷は黒刀を奪いとり、それで羽衣の首を斬りあげた。羽衣の首が飛ぶ。またたくまにその首も体も、青みを帯びた灰のようになって散った。

「――白雷！」

目を血で覆《おお》われたままの鼇《ごう》の神がうなるように叫び、水の刃が放たれる。白雷《はくらい》はかわそうとしたが、刃はその足を貫《つらぬ》いた。苦悶《くもん》の声が白雷の口から洩《も》れ、鼇の神は笑った。だが、目を閉じた鼇の神には見えていなかった。白雷は刃をかわそうとしたそのときに、黒刀をうしろに放り投げていた。黒刀は弧を描き、寿雪《じゅせつ》のほうへと落ちてくる。寿雪は手を伸ばした。寿雪が、というよりも、烏《からす》に動かされたような気がした。

寿雪の手のなかに、黒刀の柄《つか》が吸いこまれるように収まった。その瞬間、黒刀ははじけ飛んだ。いや、姿を変えたのだ。黒い羽根に。

たくさんの黒い羽根が、寿雪の上に降ってくる。羽根は寿雪の体に触れると、溶けるように消えた。ひとつ、またひとつと、羽根は寿雪に触れては消えてゆく。

――戻ってゆく。

烏のなかに、戻ってゆくのだ。

寿雪は手を広げた。頭上を見あげれば、羽根が降ってくる。寿雪は目を閉じて、烏が半身を取り戻してゆくのを感じていた。

最後の一枚が寿雪の額《ひたい》に触れて消えたとき、烏の声がした。

「ありがとう、寿雪。わたしは、わたしに還《かえ》った」

しみじみとした、晴れやかな声だった。

「世話になった」

寿雪《じゅせつ》は、胸の奥で波の音を聞いたように思った。波の音――いや、烏の羽ばたく音だ。

烏《からす》が、飛んでゆく。

寿雪の体からひとつの熱が離れ、飛んでいった。黒い大きな翼が羽ばたいてゆくのが、見えたような気がした。

「――烏め……！」

海水で顔を洗った鼇《ごう》の神が、うめいて水面をたたく。阿兪拉《アユラ》の体はそのまま前のめりに傾く。倒れる寸前で白雷《はくらい》が抱き留めた。衣斯哈《イシハ》がふたりに駆けよる。

海全体がうなり声をあげているような、低く重い音が響いた。風が水面を撫で、細かく、激しく波立たせている。

波の砕ける音がする。沖合で波しぶきが高くあがった。海面が渦を巻き、風のうなる音が響き渡る。

「空が」

温螢《おんけい》が緊張をはらんだ声をあげた。鈍《にび》色の雲が急速に湧き、それが波のようにうねっている。空はあっというまに雲に覆い尽くされ、あたりは夕闇に包まれたように暗くなった。雲が黒い。そのなかで稲妻が光っている。光が海に滑り落ちたかと思うと、地を引き裂くような轟音が鳴り響いた。稲光はあちらこちらで閃《ひらめ》き、雷鳴が轟《とどろ》く。海では波が暴れ、のたうち回っているようで、渦の勢いも激しさを増す。

——これは。

風が砂浜に吹きつけ、波しぶきが寿雪《じゅせつ》たちに降りかかる。雨が降っているかのようだった。

「娘娘《ニャンニャン》、お下がりください」

温螢《おんけい》が寿雪を背に庇《かば》い、じりじりとあとずさる。

「戦いがはじまったのだ」

と、寿雪はつぶやいた。

「烏《からす》と、鼇《ごう》の神との戦いが」

半身を取り戻し、烏は解き放たれた。自由を得た烏が、鼇の神と戦っている。

寿雪の目にその姿は見えない。だが、海上のところどころで波が逆巻き、千切れ、砕け散るのがわかる。それらが戦いの痕跡だった。烏の翻《ひるがえ》る翼が、白鼇《しろかめ》の波を蹴立てる肢《あし》が、見えるようだった。

——しかし。

戦いを見守るいっぽうで、寿雪は海底火山のあるあたりに目を凝《こ》らし、気を揉《も》む。

――こんな派手に海を荒らして、またぞろ海神が怒らぬか。

いまは梟《ふくろう》が抑えてくれている。だが、それも限度があろう。

寿雪《じゅせつ》のそんな危惧《きぐ》を読みとったかのように、海面が盛りあがる。あっと思ったときには、黒い水柱が噴きあがっていた。


――空の様子がおかしい。

序《じょ》家の屋敷で床《とこ》についていた千里《せんり》は、窓からのぞく空を見あげ、身を起こした。あたりがにわかに暗くなり、分厚い雲が空を覆い尽くす。あまつさえ、雷まで鳴りはじめた。尋常《じんじょう》ではない。

千里は髪も整えず、着替えもしないまま外に飛びだした。雷は海へとつぎつぎに落ちているようだった。千里は海の見える岬へと走る。病《や》みあがりの体にはこたえたが、呑気《のんき》に歩いている場合ではない。

岬へ急ぐと、そこには先客がいた。楪《ちょう》だ。楪は海を見つめていた。

「楪どの、これは……」

「神々が争っておられる」

稲光がまたたいて、楪の横顔を照らした。頬に水滴があたる。雨かと思ったが、波のしぶきがここまで届いたのだった。大きな波が激しく岩礁《がんしょう》にぶつかり、砕けて、飛び散る。海の荒れようはただごとではなかった。

「いずれの神々かわからんが、これでは海神がお怒りになりますぞ」

　楪《ちょう》のつぶやきは雷鳴にかき消される。千里《せんり》は目をみはり、海を凝視《ぎょうし》した。風が吹きすさび、波しぶきが頰を打つ。稲妻が海へと駆けおり、破裂する。

　——神々の争い……ということは、烏漣娘娘《うれんにゃんにゃん》と鼇《ごう》の神の？

　烏漣娘娘は半身を取り戻したのだろうか。寿雪《じゅせつ》はどこに。千里は混乱するが、どれだけ不安に駆られたところで、できることはなにもない。

　——もはや、人間の出る幕ではない。

　そう感じた。

　波がひときわ激しく岩にぶつかり、砕けたときだった。どう、と轟音が鳴り響き、見覚えのある黒雲が勢いよく噴きあがった。

「あっ……」

　千里は息を呑む。——また、噴火が。

　黒々とした水が沸き立ち、噴きあがり、石つぶてが飛び散る。四方に噴きあがる黒い水は、蝶の翅《はね》のようでもあり、鶏《にわとり》の尾のようでもあった。

「儂《わし》は思うんですがね」

楪《ちょう》はぽつりと言った。だが、雷鳴と噴火の音で千里《せんり》にはよく聞きとれない。「なんです？」と訊《き》き返したが、楪はまっすぐ海を見すえたまま、千里を見なかった。

「あのとき、海神はどうして儂の命をとらなんだか。海が荒れて、儂は持衰《じさい》として殺されて、海に放りこまれるはずだった。儂は海に飛びこんで逃げたが、海神は儂の命をとろうと思えばできたろうに。海神が儂に求めたものは、なんだったのか。考えとるが、わかりやせん」

楪はそこでようやく、千里を見た。

「いまになって、海神に呼ばれておる気がするんですわ。歳をとったせいかもしれん。子供と年寄りは、神に近い。それに儂はやっぱり、持衰ですんで」

「楪――」

「できるかどうかわからんが、お鎮《しず》まりくださるよう、海神に頼んでまいります」

笑って、楪は岬の縁《へり》に立った。

「楪どの！」

「また儂なんぞに用はないと思われたら、浜に流れ着くでしょうな」

千里の手は宙をかいた。楪は跳躍し、海へと落ちていった。

飛びこんだ音は雷鳴に覆われて、聞こえなかった。

噴きあがった水柱は、しばらくすると黒い水煙へと姿を変えた。それを呆然と眺めるしかなかった寿雪《じゅせつ》は、ふと、その水煙の勢いが弱まったことに気づいた。丈高《たけたか》くあがっていた水煙がすこしずつ低くなり、薄れて、灰色になったように目に映る。それも次第に薄まり、ほとんど霞《かすみ》と化した。あたりの濁った海水がもとの色を取り戻しはじめる。

――なにがあった。また梟《ふくろう》が抑えてくれたのか？

「持衰が」

少女の声がした。そちらを見れば、いつのまにか阿兪拉《アユラ》が目を覚まして立ち、海を見つめていた。黒く美しい瞳に、波が映りこんできらめいている。

「持衰が海神をなだめた」

阿兪拉はそう言った。

「持衰……？」

「烏《からす》がそう言ってるから」

寿雪は目をみはる。

「おぬし、烏《からす》の声が聞こえるのか」

胸を押さえた。寿雪《じゅせつ》には聞こえない。もう聞こえなくなったのだろうか。解き放たれたから？

「聞こえる……」

阿《ア》兪《ユ》拉《ラ》と衣《イ》斯《シ》哈《ハ》、彼ら哈《ハ》彈《タン》族は、烏にとって最初の巫《ふ》であったという。聞こえるのは、そのためか。

「鼇《ごう》の神はどうした」

阿兪拉はすこし間を置いて、ゆっくり首をふった。

「もう、遠い。烏のほうが、近い」

寿雪はその意味を考える。阿兪拉の言葉が拙《つたな》いのは、おそらく哈彈族だからだ。意味をそのまま伝えられていない。衣斯哈もかつてはそうだった。

「――烏のほうが、強いからか？」

阿兪拉はうなずいた。

「いつだってそう。だから、あの神さまは知恵を絞ってた。でも、こうなったら、敵《かな》わない。烏は、とても強い」

――烏は、とても強い。

その言葉を胸の内で復唱して、寿雪《じゅせつ》はふたたび海を見やる。稲妻が閃き、雷鳴が轟く。風が激しく波を立て、しぶきを散らす。神々がどのように戦い、どちらが優勢なのか、寿雪にはわからない。

海面にいくつもできていた渦が、ひとつずつ消えはじめた。勢いをなくし、ほどけて波へと変わる。雷が鳴る。光が海へと駆け落ちる。

「烏《からす》が勝つよ」

阿兪拉《アユラ》が言った。しぶきが飛んで、寿雪の頰にかかった。

ふと海面が泡立つ。やにわに、水が勢いよく飛びだした。水はうねり、蛇のようにのたうち回りながら砂浜のほうへと飛んでくる。先端は刃《やいば》のように鋭い。

「娘娘《ニャンニャン》、伏せてください」

温螢《おんけい》が寿雪をしゃがませ、覆《おお》い被《かぶ》さる。その前に淡海《たんかい》が立った。だが、水の刃は寿雪に向かってはこなかった。向かったさきは、阿兪拉たちのほうだ。

——烏たちは、巫を殺されるのがいちばん怖い。

そういう話を、高峻《こうしゅん》から聞いた。鼇《ごう》の神は、己《おのれ》の巫を哈彈《ハタン》族に殺されている。

——鼇の神！

「逃げ——」

衣斯哈《イシハ》たちに叫んだと同時に、水の刃が彼らを襲った。いまの寿雪《じゅせつ》にそれを防ぐすべはない。寿雪は砂を握りしめた。白雷《はくらい》が傷を負った体で立ちあがろうするのが見える。だが、間に合わない。

金色の光がきらめいた。稲光ではない。星の光がはじけたように思えた。

星星《シンシン》が羽ばたき、水の刃の前に躍《おど》り出たのだった。

水の刃がはじき返され、かき消えると同時に、羽根が飛び散る。星星の身体が飛び散ったのだ。金色の光がはじけ飛び、散らばる。すでにそれは星星の姿を成していなかった。光そのものだ。はらはらと、金砂《きんさ》のようにきらめいている。

「――星星！」

寿雪は駆けより、光に手を伸ばした。なんの感触もない。あたたかくも冷たくもない。ただ光り輝いていた。寿雪はその光を抱きしめた。

「どうして……」

衣斯哈が泣きだしそうな顔をして光を見つめている。

「巫だから」

阿俞拉《アユラ》が言った。

「哈彈《ハタン》は、鳥にとって、最初の巫だから……とても大事な……哈拉拉《はらら》は、それを知っているから、って……」

衣斯哈《イシハ》は、きゅっと唇を噛んだ。泣くのを必死にこらえている顔だった。

「星星《シンシン》は、だからいつも僕のそばにいてくれたの？」

光は薄れてゆく。細かな砂のように輝きながら、静かに消えていった。

「烏《からす》が――」

阿俞拉《アユラ》が海のほうを向く。

「怒ってるよ。とても」

風がうなり、雷鳴が轟いた。海が細かく波立ち、ざわめく。

鈍色の空が、一瞬、光を放った。つぎの瞬間、天から地まで引きちぎるような、すさまじい轟音が響いた。雷が海に落ちたのだと、すぐにはわからなかった。

海が割れた。割れた、としか言いようがない。波が左右にわかれて退《ひ》いてゆき、海底が露《あら》わになる。青く高い壁が現れる。それは寿雪《じゅせつ》たちのいる砂浜から、遠く皐州《こうしゅう》の港までつづいていた。

静寂《せいじゃく》が訪れる。海も風も、声をひそめてじっとしている子供のように、静かになった。雷鳴も消える。

どれだけのあいだ、そうなっていたかわからない。やがて水の壁はゆっくりと下がりはじめ、海底がすこしずつ水に覆われてゆく。海底が見えなくなり、割れた水面がもとに戻った。潮の音があたりに満ち、風がゆるく海の上を滑ってゆく。さざなみが立った。空を覆っていた雲が、するりするりと風に流れて、去ってゆく。陽光が差しこみ、水面を輝かせた。

噴火も雷鳴もなかったかのごとく穏やかな海が、そこにはあった。

「白鼇《しろかめ》が消えた。——烏《からす》がそう、言ってる」

阿兪拉《アユラ》がつぶやき、海を照らす陽《ひ》にまぶしそうに目を細めた。寿雪《じゅせつ》も額《ひたい》に手をかざし、海を眺める。静かな海だった。さきほどまでの荒れようが信じられぬほど。

「鼇《ごう》の神は、死んだということか?」

神に死というものがあるのだろうか、と不思議に思う。そういえば、霄《しょう》の国土は神の骸《むくろ》からできたといわれているのだった。

「白鼇は、海を渡って、幽宮《かくれのみや》へ行く。回廊星河《かいろうせいが》をたゆたい、まどろみ、やがて新しい命となって、落ちてくる……」

「ひととおなじか」

輝く海を眺め、寿雪ははるか彼方《かなた》にある幽宮を思う。星々の明かりが漂う回廊星河を思い出す。いずれ寿雪も、皆も、そこへ向かうのだろう。

「終わったのか」

そう口に出すと、疲れとも安堵《あんど》ともつかぬ心地に襲われる。胸に浮かんだのは、麗娘《れいじょう》の顔だった。

──麗娘。わたしは……烏妃《うひ》は、自由になったぞ。

「いえ、娘娘《ニャンニャン》」と淡海《たんかい》がふり返る。

「娘娘にとっては、はじまりでしょう」

寿雪は淡海の顔をまじまじと見つめる。次いで、温螢《おんけい》の顔を。温螢は、淡海の言葉に同調するように、微笑を浮かべてうなずいた。

烏《からす》たちの戦いにより海面を覆っていた軽石が砕かれ、あるいは流されたおかげで、界島《ジエとう》と皐《こう》州は無事、船を出すことができるようになった。すでに海商《ハイシャン》の船がひっきりなしに往《おう》来《らい》している。

噴火で破損した船や港の修理など、界島と皐州双方をとりまとめる役目を仰《おお》せつかった之季《しき》は、皐州刺史《しし》や市舶使《しはくし》とともに目の回るような忙しさのようだった。

千里《せんり》はまだ体調が万全ではないので、序《じょ》家の世話になり、本復《ほんぷく》してから京師《みやこ》へ戻るという。海神を鎮めようと海に飛びこんだ楪《ちょう》は、生きて浜に流れ着いていた。

「儂《わし》はどうも、海神に嫌われとるようですなあ」

と苦笑いする楪《ちょう》に、

「いえ、よほど愛されているのでしょう」

千里《せんり》は言い、その無事を喜んだ。

また、千里は衣斯哈《イシハ》と阿兪拉《アユラ》を冬官府《とうかんふ》で預かりたいと言った。

「衣斯哈と阿兪拉を……？　なにゆえ」

寿雪《じゅせつ》が問うと、

「頼まれたというのもあるのですが……」

「誰に」

「白雷《はくらい》どのに」

いつのまに、と寿雪は思った。白雷はあれから、気づくと姿を消していた。大怪我《おおけが》をしていたというのに。

「白雷は、どこにおるのだ？　ひどい怪我をしていたろう」

「海燕子《ハイイエンツ》とともにいるようでした。怪我の手当ても彼らから受けたようで」

「そうか……」

白雷はもともと海燕子である。己《おのれ》の一族は滅んでいるはずだから、べつの海燕子だろうが、その者たちのところに落ち着くつもりだろうか。

——あの男のことだから、そのうちふらりと町の片隅で辻占《つじうら》でもしていそうだが……。

「白雷《はくらい》どのに、阿兪拉《アユラ》の養育を頼まれたのです。彼女に学識をつけてやってほしいと。私が以前、いっときですが阿兪拉の相手をしたのを彼女から聞いていたようで」

「ああ、そういえば」

白雷は香薔《こうしょう》の結界を破る協力を申し出たさい、高峻《こうしゅん》によって冬官府の一室に拘禁《こうきん》されて、しばしのあいだ、千里《せんり》が阿兪拉の面倒を見たのだった。

「おぬしは子供の世話が上手なようだから、見込まれたのだな。——しかし、衣斯哈《イシハ》もとにとは？」

「それは、私の考えなのですが。彼は巫《ふ》の素養があるでしょう。哈彈《ハタン》族だからなのかどうか、わかりませんが。いずれ冬官府の放下郎《ほうかろう》にして、ゆくゆくは冬官に、と……阿兪拉は祀典使《してんし》に」

「ほう」

「むろん、彼らがそれを望めばですが」

千里は笑う。

「阿兪拉は血の巡りの悪い子ではありません。知識への興味もある。きちんと教えれば、多くのものを学びとるでしょう」

千里《せんり》に任せておけば安心だ、と寿雪《じゅせつ》はいくらかほっとする。あの歳でずいぶん大人の都合にふりまわされた子だから、己の行く末をちゃんと選べるようになればいい、と願う。

「烏妃《うひ》さまは、これからどうなさるのです？　京師《みやこ》へ戻られますか」

寿雪は微笑した。

「わたしはもう、烏妃ではない。――いや、もはや烏妃は存在せぬ」

「そうでしたね」

千里はすこし、さびしげにほほえんだ。

「では……寿雪どの。これから、どうするつもりです？」

「もう決めている。一度、京師へ戻る」

千里はしばし黙り、寿雪の顔を眺めた。名残惜《なごりお》しげに。

「あなたの前途が幸《さち》多きものであるよう、私はいつでも祈っておりますよ」

そう言って、千里は幼子でも見るかのようなやさしげな目をして、笑った。

序《じょ》家の屋敷を出た寿雪は、周囲に植えられた松の枝に星烏《ほしがらす》がとまっているのを見つける。

「梟《ふくろう》、烏《からす》は息災か」

星烏は黒い瞳をしばたたく。鼇《ごう》の神を倒してのち、梟《ふくろう》は無事、戻ってきた。寿雪《じゅせつ》にはもはや烏《からす》の声は聞こえず、したがって梟の言葉を知ることもない。

烏と梟は、そろって星烏廟《せいうびょう》に祀《まつ》られることになる。廟の壁には、新たに梟の絵が描き足されることだろう。

星烏は翼を広げ、飛び立っていった。それを目で追い、寿雪はふたたび歩きだす。

坂道をくだり、砂浜に向かう。砂州に船が停泊している。内海《うちうみ》ゆえに波は穏やかで、静かだ。さざなみに陽光が照り返し、美しく輝いている。その向こうに渺茫《びょうぼう》と広がる外海《そとうみ》の色は濃く、海鳥が魚の群れを追い、異国の船の帆がはためく。

寿雪はときを忘れて、それらの光景を眺めていた。

界島《ジエ》の港から船に乗り、皐《こう》州へと戻った。船は行きとおなじく、知徳《ちとく》の船である。皐州の港では、いまかいまかと九九《ジウジウ》が寿雪たちの帰りを待っていた。船上の寿雪を見つけると九九は大泣きして、船から降りたとたんに抱きつかれた。おいおい泣いている。寿雪は九九の気のすむまでそうさせておいた。淡海《たんかい》はあきれたように苦笑し、温螢《おんけい》は微笑している。

知徳がこれから京師《みやこ》へ向かうというので、寿雪たちも同乗させてもらうことにした。京師へ向かうにつれて、風に冷たさを感じる。それでも寿雪は船内へは入らず、風のにおいをかいでいた。

＊

高峻《こうしゅん》は内廷《ないてい》の弧矢宮《こしきゅう》で、晨《しん》からの報告を聞いていた。底冷えする寒さに扉はすべて閉じられ、玻璃《はり》をはめこんだ格子窓《こうしまど》からのみ、薄明かりが差しこんでいる。冬の陽光は薄い。京師《みやこ》のあたりは冬場でも雪は数える程度しか降らず、積もってもわずかばかり、大雪ともなれば数年に一度あるかないかで、北辺《ほくへん》などに比べれば格段に過ごしやすい。とはいえ、ここで生まれ育ち、ここ以外に住むことのない者にとっては、これが冬の寒さだった。

「……あいわかった。ご苦労だったな。そなたにはつらい役目を負わせた。すまない」

「いえ、そのような……。お心遣《こころづか》いに感謝いたします」

晨の顔には疲れの色が濃い。当然だろう。よく休むようにと言って、さがらせた。

高峻は椅子の背に深くもたれかかる。今回のような処断を下すたび、胸の底に澱《おり》が溜まり、鉛《なまり》のように重くなる。

「青《せい》、扉をすこしあけてくれ。息苦しい」

はい、とすぐさま衛青《えいせい》は、殿舎の横にある扉を片側だけあける。風がとおり、幡《はた》がしゃらしゃらと軽やかな音を立てた。明るさが増し、高峻《こうしゅん》はかすかに息をついた。

宵月《しょうげつ》を通じて、界島《ジエ》の顚末《てんまつ》はすでに知っている。まずもって、島を沈めるような大事にならずに終わって、安堵した。高峻の念頭には伊喀菲《イカヒ》島のことがあり、最悪の場合それもあり得ると、備えていた。

烏《からす》は半身を取り戻し、寿雪《じゅせつ》は解放された。もはや、寿雪を縛るものはなにもない。

――寿雪は、どこにでも行ける。

どこにだって、羽ばたいてゆけるのだ。

予感があった。寿雪の選びとる道に。

高峻は目を閉じて、風のにおいをかいだ。このなかに、海から運ばれてきた風はあるだろうか、と思いながら。


深更《しんこう》、花娘《かじょう》は燈台《とうだい》の火が揺れて、つと目をあげた。几《つくえ》には巻物が広げられている。洪濤《こうとう》院《いん》から借りてきた書物だった。今夜じゅうに読んでしまおうと思っていたのだ。侍女《じじょ》たちはさきに休ませた。部屋には花娘ひとりである。

花娘は立ちあがり、扉をあけた。吊《つ》り灯籠《どうろう》に火がともり、外は夜でもほの明るい。殿舎の階《きざはし》の前に人影をみとめ、花娘は一瞬、はっと息を吞んだ。だが、すぐに安堵の息を吐く。

次いで、喜びが湧きあがった。

「阿妹《アーメイ》。戻ってらしたの」

寿雪《じゆせつ》だ。男物の袍《ほう》をまとい、髪も無造作にうしろでひとつに結っただけだが、紛《まぎ》れもなく寿雪だった。近くの木陰には、温螢《おんけい》が膝をついて控えている。

「いましがた、戻った」

寿雪はかすかに笑みを浮かべている。花娘《かじよう》は急いで階をおりた。寿雪の手をとる。ひどく冷たい手だった。この寒さだ、無理もない。

「どうぞ、なかへお入りになって。お寒いでしょう」

「いや、ここでよい」

寿雪は花娘の手に己の手を重ねた。その仕草に、花娘は、あっと胸を衝《つ》かれた。

「阿妹――」

「紅翹《こうぎよう》と桂子《けいし》が世話になった。ふたりは、ここに馴染《なじ》んでおるだろうか」

「ええ……ええ、安心なさって。ふたりとも働き者ですから、すっかり皆、気に入っております」

「よかった。すまぬが、これからも、ふたりをここで使ってくれぬか」

花娘は寿雪の瞳を見つめた。とても静かな目をしていた。

「ええ……」

言葉をつまらせながら、花娘《かじょう》はうなずいた。

「なにもかも、終わったのですね？　阿妹《アーメイ》、あなたは、自由になったの？」

「ああ」

「そう。では、行くのですね」

寿雪《じゅせつ》はほほえんだ。

「祀典使《してんし》の職は……」

「わたしはもはや、神の声を聞けぬ。その職にはふさわしくない。いずれ、ふさわしい者が育つ。大丈夫だ」

現れる、ではなく、育つ、と言った。すでにいるのだ。

「そう……」

どう言葉をつづければいいのか、花娘にはわからなかった。だが、まだ手を放したくはなかった。

花娘の心中を知ってか知らずか、寿雪は軽やかに言う。

「花娘、わたしは海商《ハイシャン》になろうと思う」

「え！　――まあ」

驚いたが、不思議とさほど意外という気はしなかった。広い海原を自由気ままに行き来し、国を渡り歩く寿雪《じゅせつ》の姿が、目に浮かぶようだった。

「あなたには、お似合いになるでしょう。でも、どうして海商《ハイシャン》に?」

「おぬしの父に会ってな……。そうだ、こたびは、知徳《ちとく》どのに助けられた。彼が船を出してくれなければ、界島《ジェ》へ渡れなかった。礼を言う」

「父が……?」

花娘《かじょう》は父の面差《おもざ》しを思い浮かべる。あの父が、ひと助けを、と意外に思った。

「娘が世話になっておるからと。わたしが助けられたのは、おぬしのおかげだ」

ふと、寿雪は思い出したように笑う。

「知徳どのは、航海の護符《ごふ》にと、おぬしの鞋《くつ》を持っておったぞ。子供のころの……」

花娘は目を丸くした。

——あの父が……。

花娘は、父には己の存在など、もはや忘れ去られているものと思っていた。文《ふみ》ひとつ寄越さないし、花娘も文は父の側近にあてて出している。父に出したところで、読みはしないと。

ふいに父の思いが胸に差しこんできたようで、まあ、と言ったきり、花娘は口をつぐんだ。

「わたしはおぬしの父の下で海商《ハイシャン》のことを学ぶ。いずれ、ここに貢《みつ》ぎ物のひとつでも納めよう」

「まあ」

花娘《かじょう》のもとには日々、海商からの貢ぎ物が届く。

「楽しみにしておりますわ」

花娘は、ぎゅっと手に力をこめた。寿雪《じゅせつ》のぬくもりを忘れぬように。

「……陛下には、お会いになって？」

「これからだ」

「まあ、ではいちばんにわたしに会いに来てくださったのですね。あとで陛下に自慢いたします」

ふふ、と笑うと、寿雪も笑みを浮かべた。

「ほんとうに、ありがとう。いままで……。健《すこ》やかに過ごしてくれ。――阿姐《アージェ》」

そう言って、寿雪は手を放した。

きびすを返した寿雪のあとを、一歩、二歩と追って、花娘は足をとめた。

「阿妹《アーメイ》……！」

どんなに乞《こ》うても呼んでくれなかったのに、最後になって。

花娘《かじょう》は潤《うる》む視界のなか、寿雪のうしろ姿《じゅせつ》が見えなくなるまで、その場に立ち尽くしていた。


寿雪は内廷に向かう前に、夜明宮《やめいきゅう》へと足を向けた。主《あるじ》をうしなった夜明宮は、ひっそりと暗闇のなかに沈んでいる。

扉をあけ、室内に入る。温螢《おんけい》が手燭《てしょく》をさしだし、寿雪はそれを受けとって奥へと進んだ。温螢は入り口に控えている。

寿雪は隅にある厨子《ずし》の扉をあけると、手燭の灯火をかかげた。

琥珀《こはく》の魚形《うおがた》。木彫りの薔薇《ばら》。鳥と波濤《はとう》をあしらった象牙《ぞうげ》の櫛《くし》。薄紅《うすべに》がかった乳白色の、玻璃《はり》の魚形。木彫りの魚形……。

手燭を厨子の上に置くと、寿雪はそれらをひとつひとつ手にとり、眺めた。魚形をすべて帯に結わえて提《さ》げる。櫛と木彫りの薔薇は手巾《しゅきん》に包んで、ふところに収めた。

厨子の扉を閉め、入り口へ引き返す。「待たせたな」と温螢に言って、殿舎を出た。

訪《おとな》うことは、前もって淡海《たんかい》を使いに出して知らせていた。寿雪が凝光殿《ぎょうこうでん》の私室にやってくると、高峻《こうしゅん》は案内役の宦官《かんがん》をさがらせた。高峻のうしろには、衛青《えいせい》が控えている。衛青は茶の用意をしていた。清々《すがすが》しい茶の香りが室内を満たし、寿雪《じゅせつ》はしばし目を閉じてその香りを楽しんだ。

「こちらへ」

搨《とう》に座る高峻は、隣を示す。寿雪はそちらに歩みより、腰をおろした。茶杯を高峻と寿雪の前に置くと、衛青は部屋を出てゆく。温螢《おんけい》もそれに従い、出ていった。高峻は茶杯を手にとり、口をつける。寿雪もおなじように茶を飲んだ。しばらく、ふたりとも、黙っていた。

口をひらけないのは、そうすれば別れの言葉を交わさなくてはならないことを、おたがいわかっていたからだ。

だが、いつまでも黙っているわけにはいかない。夜は永遠ではない。

高峻が茶杯を置いた。

「――まずは、そなたが無事でよかった」

あいかわらず、静かな声だった。静謐《せいひつ》だがやわらかい、ぬくもりのある声音だ。

「梟《ふくろう》が途中、なにも言わなくなったのでな、案じていた」

「ああ……そうだな。梟がいっとき、噴火を抑えてくれておったのだ」

「聞いている。梟《ふくろう》も無茶をするものだ」

「宵月《しょうげつ》はどうした?」

「いまも界島《ジエ》とのやりとりに重宝《ちょうほう》している。あちらでは、阿兪拉《アユラ》が烏《からす》と話せるから」

「そうか。よかった」

沈黙が落ちる。寿雪《じゅせつ》はもはやなにを話せばいいのか、わからなかった。

「……花娘《かじょう》の父が、船を出してくれたのだったな」

ふたたび、高峻《こうしゅん》が口をひらく。寿雪はうなずいた。

「知徳《ちとく》どのには、世話になった。——いや、これからも、世話になる」

高峻が寿雪のほうを向いた。寿雪も高峻に顔を向ける。

「わたしは海商《ハイシャン》になる。知徳どのの下で修業して」

「海商に……」

「海が実際のところ、あのように広くて、自由で、おそろしいものだと、海の上に出るまで知らなかった。わたしは海を渡ってみたい。海の向こうにあるものを見てみたい。伝聞ではなく、この目で」

「そうか」

高峻は寿雪の顔をじっと眺める。

と言い、高峻《こうしゅん》は視線を足もとに落とした。

「たしかに、海商《ハイシャン》はそなたに似合いだろうな」

「花娘《かじょう》にもそう言われた」

「会ってきたのか」

「ああ。──花娘には、結局、世話になるばかりでなにも返せなかった。海商になったら貢ぎ物のひとつでも贈らねばならぬ」

高峻はすこし笑った。

「花娘は……そなたが健やかであれば、それ以外、望むものはあるまい」

「貢ぎ物を贈るのは、わたしが元気であることの証《あかし》になろう」

「なるほど」

また高峻はすこし笑った。声を立てない静かな笑いかたが、彼らしい。

「思えば、おぬしからは海商の話もよく聞いたな。わたしが海の向こうに興味を持ったのは、そのせいもあろう」

「そうだな。……阿開《アケ》のみならず、花陀《かだ》に花勒《かろく》、雨果《うか》、沙文《しゃもん》……どこへ行くのも自由だ」

高峻にその自由はない。不思議だった。一生、後宮《こうきゅう》に囚《とら》われているはずだった寿雪《じゅせつ》は海を渡り、高峻はここを離れられない。なにひとつ選びとる自由がないのは、高峻のほうだった。

「高峻《こうしゅん》……おぬしは、ほんとうに、約束を違《たが》えなかった」

――わたしを救ってくれた。

寿雪《じゅせつ》は口を閉じて、目をしばたたいた。なにを言っても、この思いを言い表すだけの言葉にならない。

半身だと、高峻が言ったときから、寿雪の心は救われていた。もはや、それ以上の言葉を必要としていない。寿雪も、高峻も。

「……ありがとう」

ようやく、それだけ言った。高峻は目を細め、寿雪を見つめていた。そのまなざしに、寿雪は界島《ジェ》で見た海を思い出す。穏やかで、深く、広々とした、大海原。高峻とは、まさにそのようなひとだった、と、寿雪は思う。

海を眺めるたび、きっと、そう思うだろう。

「寿雪」

高峻は立ちあがり、部屋の隅に向かう。壁際《かべぎわ》に几《つくえ》があり、そこに碁盤《ごばん》が据えてあった。高峻は黒い石をひとつとり、寿雪にさしだす。

「打ってくれ」

言われるがまま、寿雪《じゅせつ》は盤上に一手、打つ。高峻《こうしゅん》は白い石を持ち、己の手を打った。

「今日は、ここまでだ」

と言い、寿雪を見おろした。寿雪は高峻の顔を見あげる。

視線を交わしたのは、ほんのわずかなあいだだった。

高峻は微笑した。その瞳を見つめ、寿雪も笑った。碁盤に目を向け、小さくうなずく。

寿雪は無言のまま、高峻のそばを離れた。高峻もまた、なにも言わなかった。


部屋を出ると、扉のそばに控えていた温螢《おんけい》が黙ってついてくる。すこしさきに衛青《えいせい》がいて、寿雪は足をとめた。衛青はふところからなにかをさしだす。手巾だった。

「――これは？」

「あなたさまからお借りしていたものです。お返しする機会がありませんでしたので」

「ああ……もう忘れておったが」

寿雪は衛青の顔をちらりと見あげる。

「わたしはもはや妃《きさき》ではない。そのように丁寧《ていねい》に接してもらわずともよい」

衛青はすこし考えるように寿雪を眺めていた。

「……もう会うこともないでしょうから、このままで」

「まあ、かまわぬが。――その手巾はおぬしにやるから、代わりにおぬしの手巾をもらえぬか」

「私の？　なぜです」衛青《えいせい》はけげんそうな顔をする。

「航海の護符にする。血縁者のものがよいそうだから」

衛青はしばらく黙って、おもむろにふところからべつの手巾をとりだした。それを寿雪《じゅせつ》にさしだす。

「ありがとう」

礼を言うと、衛青は据わりの悪い顔をする。寿雪はすこし笑った。衛青の脇を通って歩きだす。衛青がふり返り、寿雪、と呼んだ。聞き間違いかと思い、寿雪は足をとめてふり向いた。

「寿雪……元気で」

衛青の表情には、いつものような冷ややかさと、幾ばくかの寂寥感《せきりようかん》、それからほんのすこし、わずかばかりの親愛の情があった。

寿雪はその複雑さに笑みを浮かべ、

「兄上と呼ぼうか。兄さまのほうがよいか」

と言った。衛青はとたんに顔をしかめたので、また笑った。

＊

「娘娘《ニャンニャン》、娘娘」

淡海《たんかい》の声に、寿雪《じゅせつ》はふり返った。波に船体が揺れ、縁《へり》に手を置く。

「いいかげんに、その呼びかたはよせと言うに」

「馴染《なじ》んでるんで、ほかの呼びかたではしっくりこないんですよ」

「ほかの呼びかたを使ってみてから申せ」

追い風に帆はふくらみ、舳《へさき》は波を切ってなめらかに進む。航海日和《びより》だった。潮風が頰を撫で、銀髪を散らす。寿雪は髪をうしろでひとつにくくり、黒い袍に身を包んでいた。銀色の髪は、陽光を受けてきらめいている。

霄《しょう》を離れて、一年あまりがたとうとしていた。知徳《ちとく》の船は阿開《アケ》に停泊したあと、花陀《かだ》へと向かった。それからふたたび、霄に向かっている。海商《ハイシャン》はこうして国のあいだを行ったり来たりをくり返すのだ。

「なにを見てたんです？　見渡す限り、海と空しかないでしょうに」

「海だ」

「お好きですねえ」

あきれたように淡海《たんかい》は笑う。暇《ひま》さえあれば寿雪《じゆせつ》は海を眺めている。

「海を見ながら、なにを考えてるんですか?」

「……そうだな、碁の手を」

「いい手が浮かびましたか」

「どうであろうな」

寿雪は笑う。陽光が波を輝かせて、まぶしい。目を細めて寿雪は海を見つめた。

「娘娘《ニャンニャン》」

温螢《おんけい》が階下から甲板《かんぱん》にあがってきて、寿雪を呼ぶ。誰も彼も、『娘娘』と呼ぶのをやめない。九九《ジウジウ》もだ。

「九九が焼餅を食べようと言ってます」

「わかった」

「こちらにお持ちしましょうか」

「いや、よい。こないだのように海鳥にとられてはかなわぬ」

温螢は軽く笑い声をあげて、下へと引っ込んだ。

「お、そんなことを言ってたら、海鳥が」

淡海《たんかい》が額に手をかざして空を見あげる。ふり返れば、たしかに鳥が一羽、こちらに向かって飛んできていた。

「一羽だけというのも、奇妙な──ああ、やはり」

「なんだ、斯馬盧《すまる》か」

飛んできたのは、星烏《ほしがらす》だった。星烏はまっすぐ寿雪《じゅせつ》のいる船へとやってきて、縁に降り立つ。

寿雪は帯のあいだから小さく巻いた紙片をとりだすと、慣れた手つきで星烏の脚につけられた筒に入れた。

この星烏は斯馬盧であって、梟《ふくろう》ではない。星烏はもとのように烏《からす》の使い部《べ》に戻り、こうして文《ふみ》のやりとりに使っている。相手は、高峻《こうしゅん》だ。文といっても、だいたいは碁の手を記したただけである。

「こたびの一手は、少々自信がある」

「今度こそ陛下の鼻を明かせそうですか」

「わたしはこれでも、一度あやつに勝っておるのだぞ」

「何勝何敗です？」

「……」

星烏は飛び立った。あっというまに小さくなるその姿を見送る。「娘娘《ニャンニャン》！」と催促する九九《ジウジウ》の声に「わかっておる」と返しつつも、寿雪《じゅせつ》はまだしばらく、海を眺めていた。

＊

鵲妃《じゃくひ》は女児を産み、鶴妃《かくひ》は男児を産んだ。母子ともに無事であったことで、その年は国をあげての祝賀が執《と》り行われた。

鶴妃・晩霞《ばんか》の産んだ男児は、十歳を迎えた年、花娘《かじょう》の養子に迎えられて、花娘が皇后に立てられるに伴い、皇太子となった。

之季《しき》が洪濤院《こうとういん》の書庫に入ると、見慣れた人物が書物をさがしていた。「岳《がく》どの」と声をかける。戸部侍郎《こぶじろう》の岳昭明《しょうめい》である。

「令狐《れいこ》どの」

長身に精悍《せいかん》な面立《おもだ》ちの昭明は、謹厳さが表れた佇《たたず》まいともあいまって、武人といっても通りそうな男だった。まなざしには翳《かげ》があるものの、挙措《きょそ》には育ちの良さがにじみでている。

「なにかおさがしか？」

「欒律《らんりつ》の書を……。税に関する箇所を確認したくて、さがしております。秘書省《ひしょしょう》の書庫にはなかったものですから、こちらかと」

「それなら」と、之季《しき》は迷わず棚のあいだを進み、ひとつの巻物をとりだした。

「これでしょう」

昭明《しょうめい》は目をみはり、巻物を押し頂いた。

「ありがとうございます。さすがですね」

いやいや、と之季は笑う。真面目《まじめ》な昭明に感心されると、面映《おもは》ゆい。

「このあとひとと会う約束が控えておりましたので、助かりました。遅れては弟に怒られますから」

「弟君が、京師《みやこ》に？　どちらの」

「両方です。ひさしぶりに一堂に会して、祝いの酒を酌《く》み交わそうと……」

「ほう」

——甥《おい》の立太子《りったいし》の祝いか——。

という言葉が出かかったのを、之季はこらえた。岳《がく》昭明は、もとの名を沙那賣晨《サナメしん》という。沙那賣家の長男である。高峻《こうしゅん》から名を賜《たまわ》り、改名した。出自を知る者は、宮廷でもほとんどいない。昭明《しょうめい》も口にしない。之季《しき》が彼の素性《すじょう》を知っているのは、賀《が》州の観察副使だったころに顔を見ているからだ。

沙那賣《サナメ》朝陽《ちようよう》がひっそりと死んだことを知るのも、廟堂《びょうどう》のおもだった者だけだろう。彼がなにをしようとして、そんなことになったのかも。

朝陽の件からしても沙那賣家の扱いは難しく、もともと後ろ盾《だて》としては弱い地方豪族の出身とはいえ、男児を産みながら晩霞《ばんか》を皇后にと推《お》す声がなかったのも、無理のない話である。

「家は、末の弟君が継がれているのだったか」

「はい。すぐ下の弟は、解《かい》州におります」

「ああ、羊舌《ようぜつ》どのの……」

沙那賣家の次男は、羊舌慈恵《じけい》の養子となり、塩商《えんしょう》を継いでいる。たしか、慈恵の侍女《じじょ》をしていた羊舌一族の娘を娶《めと》っていたはずだ。

慈恵は五年ほど前にもう歳だからと塩鉄使《えんてつし》を辞しており、そのあと塩鉄使に任命されたのが、ほかでもない之季である。

「ごきょうだい、仲がよくてよろしいな」

之季が笑うと、昭明もほほえんだ。昔はもっと、堅物《かたぶつ》さが前面に出た青年だったが、世《せ》間《けん》慣れしてか、ものやわらかさが加わった。仄暗《ほのぐら》い翳もだが。――高峻《こうしゅん》が彼を気に入っているのは、優秀さのみならず、こういったところだろう、と之季《しき》は思っている。高峻は好悪《こうお》の感情を表に出すひとではないが、長年、側近を務めている之季にはなんとなく窺《うかが》い知れることもある。

「楽しんでくるといい」

「ありがとうございます」

昭明は揖礼《ゆうれい》をして去っていった。彼がどんな顔をして弟たちと酒を酌み交わすのか、之季にはあまり想像ができない。

三歳になる娘が、砂浜で遊んでいる。はじけるような笑い声が聞こえてくる。屋敷を出て港に向かうところだった亘《こう》は、見送りのために門前まで出てきた妻と顔を見合わせ、ふたりして砂浜に向かった。砂浜では、娘と乳母子《めのとご》たちが追いかけっこに興じていた。乳母や侍女、そして慈恵《じけい》がそれを見守っている。

「船はまだ大丈夫か?」

慈恵が声をかけてくる。彼はもうすっかり隠居の老爺《ろうや》が板についていた。孫娘にことさら甘い老爺だ。

「もう向かうところです」

亘《こう》は答えて、「私のいないあいだ、娘を甘やかし過ぎないでくださいね」と釘を刺した。

慈恵《じけい》は笑っただけで、「わかった」とは答えない。困ったものである。

亘に気づいた娘が、砂まみれのまま突進してくる。抱きつかれて、亘の旅装には砂と鼻水がついた。妻が手巾で娘の洟《はな》をぬぐう。この妻はもともと慈恵の侍女をしており、一時は後宮へという話もあったそうだが、立ち消えになったという。後宮入りの件も、それがなくなったことも、どちらも前王朝の遺児がらみらしいが、亘は突っ込んで聞いていない。妻は慈恵が気に入ってそばに置いていただけあって、賢くさっぱりとした娘だった。正直、亘ははじめて会ったときから彼女が好きだったが、慈恵から彼女を妻にどうかとすすめられたときからいまに至るまで、それを告げたことはない。が、慈恵にも彼女にも、とうに悟られている気がする。

亘は娘の頭を撫でて、「母上の言うことをちゃんと聞くようにな」と言い、娘は元気よく「はい！」と答えたが、ちゃんとしているのは返事だけだと皆わかっている。

娘はすぐさま乳母子たちのもとへ走ってゆき、はしゃぎまわる。いっときもじっとしていない娘だった。慈恵がその様子を目を細めて眺めている。海は陽光に照り輝き、穏やかな波の音に、子供たちの健《すこ》やかな声が重なる。慈恵がふと、目もとをぬぐった。

「砂でも入りましたか」

亘《こう》は手巾をさしだそうとしたが、慈恵《じけい》は手をふる。

「いや……、歳をとると、涙もろくなっていかんな」

亘は黙って手巾をふところに戻した。慈恵の娘が、若くして無残な死にかたをしたことは、知っている。妻に聞いた。

手を慈恵の背中に置く。かつて、慈恵が亘にしてくれたように。

「娘を頼みます、父上」

そう言って、亘は港へと向かった。


「やっぱりこちらのお色のほうが、よくお似合いですわ」

「なんでもいい。早くしろ」

亮《りょう》は着替えを手伝う妻を急《せ》かした。彼女は悠長《ゆうちょう》なところがあり、亮はしばしば急かさねばならなかった。今日も出港の時刻が迫っているというのに、衣の色に迷いだして亮ははらはらした。なんでもいい、と言って聞く女ではない。

結局、露草《つゆくさ》色の衣に落ち着いた。亮のよく着る色である。悩む必要があったのか疑問だが、それを言ったところでよくわからない理由が返ってくるので、言わずにいる。

「帯は白地のほうがよかったかしら」と独りごちる妻に、亮《りょう》はあわてて「もう行く」と扉に足を向けた。これ以上着替えさせられてはかなわない。

「港までお見送りに」

「必要ない。ここでいい」

扉に手をかけたところで、亮はつと妻をふり返った。

「……兄上に、なにか言伝《ことづて》はあるか?」

「え?」

妻はきょとんとしている。

「兄上さまがたに……? そうですね、下の子にお祝いをいただいた御礼を」

長男が生まれたときも、長女が生まれたときも、兄たちからは多くの祝いをもらっている。

「それくらい、言われなくとも言う。ほかにないか」

「さあ……わたくしのほうからは、これといって」

妻は困惑《こんわく》している。弟の妻から兄になど、さして言うことなどなくて当然だろう。妻の反応に亮は安堵して、そんな己に気づき、苛立《いらだ》った。安堵したいがために、訊《き》いたのだ。

「──ならいい」

亮《りょう》は部屋を出た。彼の妻は、吉菟女《きつとじょ》といって、晨《しん》の妻になるはずだった娘である。晨が当主になることを拒《こば》み、亘《こう》もまた羊舌《ようぜつ》家の養子となったので、沙那賣《サナメ》家は亮が継ぐことになった。

晨は、沙那賣家を捨てると決めたとき、朝陽《ちょうよう》は死を選んだとき、はたして吉菟女のその後をちらとでも考えただろうか。頭になかっただろう、と亮は思う。そういうところは、ふたりして似ているのだ。晨は認めないだろうが。

亮が当主となったことで、菟女は亮に嫁《とつ》ぐことになった。最初から、そういう約束だったようだ。晨に嫁ぐという話ではなく、沙那賣の当主に嫁ぐ、という。

晨ではなく亮に嫁ぐことになった菟女が、どういう心地でいたのか、亮は知らない。知るのが怖くて、尋《たず》ねたことがない。

菟女ははにかんだように笑う女で、それは嫁いできた日からいままで、変わらない。いつまでも娘のような雰囲気のある女だった。

鬱々《うつうつ》とした心持ちで港までの道を歩いていると、従者に「だんなさま」と声をかけられる。「奥さまが追ってこられますよ」

足をとめてふり返った。菟女があわてた様子で走ってくる。なんだろう、と思っていると、追いついた菟女は「お忘れものです」と息を切らして言った。頰が上気して、額に汗がにじんでいる。

「そんなもの、誰なと言いつければいいだろうに」

「そういうわけには……」

菟女《とじょ》は握りしめていたものをさしだした。象牙で番《つがい》の鳥を象《かたど》った、佩《は》き飾りである。それを亮《りょう》の帯に結わえて、菟女は満足したように息をついた。

「だんなさまをよろしくお願いしますね」

と菟女は従者に言い、

「いってらっしゃいませ」

ほほえんで揖礼して、来た道を引き返してゆく。この佩き飾りは菟女から贈られたもので、出かけるさいにはいつもつけている。つけるのは着替えを手伝う彼女だが。

ふたたび歩きだした亮は、従者が半笑いを浮かべているので、「なんだ」と問うた。年若い従者で、年長者よりも気安く話せるので、亮はいつも彼を供につれている。

「いやあ……奥さまは怖いなあと思いまして」

「怖い？」

菟女から最も遠そうな言葉を聞いて、亮は驚いた。

「だんなさまは勘が鋭いのに、こと奥さまに関しては鈍いですよね。――その佩き飾り、番の鳥って、夫婦者の証ですよ。牽制《けんせい》ですよ」

「牽制……？　なんの」

「だんなさまに近寄ってくる女への」

亮《りょう》は従者の顔をまじまじと眺めた。

「おまえの考えすぎだろう」

従者はあきれた顔をした。

「京師《みやこ》には、垢抜《あかぬ》けたきれいな女のひとがたくさんいるでしょう。さっき、奥さまが『だんなさまをよろしく』と私におっしゃったのは、浮気しないようちゃんと見張っていてね、ということですよ。前もって、奥さまにそう言いつけられてますから。遊里《ゆうり》に行くなどもってのほかだとも。あれ、奥さまはそうとうな妬婦《とふ》ですよ。気をつけたほうがいいですよ、だんなさま」

「……」

亮は黙々と歩く。

「あ……しまったな」

「なんです？」

「みやげになにが欲しいか、訊くのを忘れた」

「……なんで機嫌よくなってるんですか？」

亮《りよう》の帯の下で、番《つがい》の鳥が愛らしく揺れている。

鯊門宮《さもんきゆう》は、宮城内にある離宮《りきゆう》である。前に京師《みやこ》に来たさいにも、亮たちはここに滞在した。亮が到着したときには、すでに兄はふたりともそろっていた。

「久しいな、亮」

晨《しん》が席から立って亮を出迎える。

「子供たちは元気か？」

亘《こう》は椅子の背によりかかり、茶を飲んでいる。几《つくえ》には包子《パオヅ》や粽《ちまき》などの軽食が用意されていた。

「元気だ。ふたりとも、祝いをどうもありがとう」

亘が破顔《はがん》する。「あの亮が、大人みたいな口をきくようになって」

「大人みたいなって……俺ももう三十前だぞ。いつまでも小さい弟じゃないんだから」

亘は以前よりも接しやすくなった。昔は、なにを考えているのかわからないところがあり、こんなふうには笑わなかった。

晨は微笑している。この長兄は昔より雰囲気がずっとやわらかくなり、かつ、さびしげな翳をたたえるようになった。

己はどうだろう、と思うが、さして変わってない気がする。

「そろそろ、晩霞《ばんか》も来るだろう」

晨《しん》が言う。いまはべつの名を持つ彼だが、亮《りょう》にとってはやはり、晨という名に馴染みがある。彼がどうして沙那賣《サナメ》を捨てたのか、亮にはわかるようで、わからない。父と反目《はんもく》していたのはわかるが、それだけではないように思う。亮は晨に理由を問いただしたことがあるが、はっきりとした答えは得られなかった。おそらく晨は、それを一生、明かすつもりがないのだろう。亮はそれ以上、晨を問い詰めなかった。

鞋音《くつおと》がする。女の足音だ。「来たな」と亘《こう》が言い、亮たちは立ちあがって晩霞を迎えた。晩霞は薄紅の披帛《ひはく》を翻《ひるがえ》し、嫋《たお》やかな足どりでやってくる。少女だったころよりもふくよかになり、優美な佇《たたず》まいになった。

「おひさしぶり、お兄さまがた」

「何年ぶりかな」亘が目を細めて晩霞を眺める。「兄上とはときどき会っているんだろう?」

「そうでもないわ。お忙しいもの、ねえ?」

と晩霞はすねるようなまなざしを晨に向ける。晨は苦笑していた。

「そりゃあ、忙しいだろう。戸部侍郎《こぶじろう》なんだから」

亘《こう》が言い、

「おまえと違って」

と亮《りよう》が言うと、「あら、わたくしだって忙しいのよ」と晩霞《ばんか》ににらまれた。

「忙しいやつは自分で忙しいとは言わない」

「そんなのひとそれぞれじゃないの。亮お兄さまは昔とちっともお変わりないわね」

ムッとしたが、そこで苛立つあたりが昔と変わらないということだろう。

「奥さまはお元気？　吉鹿女《きつろくじよ》の娘の。母親に似てるかしら。一度会ってみたいものだけれど。ねえ、京師《みやこ》へおつれになったら？　お子たちも一緒に。上の子が男の子で、下が女の子だったかしら」

矢継ぎ早に訊かれて、「落ち着けよ」と亮は言った。亘が晩霞に茶をすすめる。

「子供たちが大きくなったら、つれてくる。——ああ、そうだ。京師のみやげといったら、なにがいいだろう」

こういうのは晩霞に訊くのがいいだろう、と思い、尋ねてみる。

「お子たちに？」

「いや、菟女《とじよ》に」

「あら……」

意外そうに目をみはったが、晩霞《ばんか》は「そうねえ、花陀《かだ》渡来の螺鈿《らでん》細工の櫛や簪《かんざし》あたりがいいんじゃないかしら。花陀の品がいまは流行《はや》りなのよ」と丁寧に教えてくれた。

「いい肆《みせ》を教えよう。渡来品を扱う商人は、目利《めき》きから詐欺師までいろいろいるから」

晨《しん》が言う。

「俺も櫛を買っていこう。忘れるところだった」

亘《こう》が笑った。「亮《りよう》、市《いち》に行くなら一緒に行こう。反物《たんもの》を選んでくれ。娘にせがまれているんだ」

「羊舌《ようぜつ》どのは、お元気か?」晨が思い出したように問うた。「陛下も気にしておられてな」

「元気さ。俺より元気だろう。娘を存分に甘やかしてるよ。京師《みやこ》の酒を買ってきてくれと頼まれている」

「そうか。それはなによりだ」

晨は鷹揚《おうよう》にうなずき、微笑している。

「陛下といえば……岳どの」晩霞が笑みを含んでそう呼びかけた。「陛下からお聞きではなくて?　皇太子の勉学を見てほしいと」

「聞いたが、辞退させてもらった」

「わざわざ俺に頼まずとも、優秀な太師《たいし》がついていなさるだろう」

亮《りょう》は、兄は甥に近づきすぎるのを遠慮しているのだろう、と思った。

「陛下は知識が偏《かたよ》らぬようにとお考えなのよ。お兄さまは学士承旨《がくししょうし》なのだし。それにね、きっと気を遣ってらっしゃるのだと思うわ、陛下は」

「陛下が、兄上に？」と亘《こう》は驚いている。亮はべつに意外ではない。今上帝《きんじょうてい》にはそういうところがある。

「わたくしたち、きょうだいの仲がよいことを陛下はご存じだから、甥と触れ合わせてやりたいとお思いなのよ。臣下なら、陛下のやさしいお心を汲《く》んでさしあげて」

晨《しん》は黙り、困ったように窓の外を眺めていた。

「……考えておく」

「約束よ、お兄さま。陛下に似て賢い子だから、きっとお気に召すわ。わたくしに似なくてよかった」

晩霞《ばんか》は笑う。養子に出したといってもそれは鴦妃《おうひ》を皇后にするための形式上のものなので、別段、晩霞と息子のつながりが切れたわけではない。だが、皇后は形式だけでなく皇太子をとてもかわいがっているとも聞いた。それを問えば、晩霞はうなずいた。

「あら、どうして？」

「花娘《かじよう》さまは、もともとてもおやさしくて聡明なかただけど、子供には格別ね。かわいがってくださるし、よい書物を教えてくださるわ」

晩霞《ばんか》は穏やかに話す。よほど皇后に信を置いているのだろう。

話は皇太子のことから亘《こう》や亮《りよう》の子供にまで及び、談笑は途切れない。晨《しん》は楽しげに弟妹を眺めてほほえんでいたので、どこか安堵したのは亮だけではなかっただろう。晨が頑《かたく》なに妻を娶らず、妾《めかけ》もおかず、子を作らぬのを皆知っているが、触れぬようにしている。好きで独り身でいるなら皆気にしないが、そういう話ではない。晨は苦しんでいる。おそらく父と関わりがあるが、晨にとってその傷があまりにも深いことくらい、亮にもわかる。

日の入りが近づき、晩霞が後宮に戻っていったあとも、亮たちは晨の屋敷に場を移し、語り合った。酒が用意されたが、楽《がく》もなく妓女《ぎじよ》もいない、静かな酒宴だった。

――兄上の苦しみは、誰にも、どうにもできぬものか？

と、亮は晨に尋ねたかったが、できなかった。訊いてもたぶん、さびしげな微笑が返ってくるだけだろう。

弟たちは十日ほど晨の屋敷に滞在して、たくさんのみやげを手に帰っていった。彼らがいずれも元気そうで、晨は安心した。むしろ、己のほうが弟たちに心配されているのだろう、と思う。

港に向かう前に、亘《こう》が言った。

「兄上は、あの父に呪いをかけられたんだな」

亘の言う『あの父』というのは、沙那賣朝陽《サナメちようよう》のことだ。

「呪い……？」

「そうさ。呪いをかけて死んだんだろう」

「……」

「兄上、俺の呪縛は慈恵《じけい》どのが解いてくれた。俺には兄上のすべてはわからぬが、いつか兄上も解放されるように祈ってる」

そう言って、亘は去っていった。

――俺が解放されることはない。

これは血の鎖なのだから。

晨《しん》は洪濤院《こうとういん》に足を向ける。古い墨と木のにおいに包まれるのが心地よい。巻物を収めた棚のあいだを歩いていると、駆け回るような軽い足音が聞こえ、次いで小さなひと影が飛びだして、ぶつかった。

「おっと……」

晨《しん》はすずみでうしろに転びそうになった相手の肩をつかむ。子供だ。少年だった。はっとして、晨は膝をついた。こんな場所を自由に走り回ることのできる男児など、ひとりしかいない。

——皇太子。

「お怪我はございませんか、殿下」

「うん……、ごめんなさい」

少年はぶつけた鼻をさすり、謝った。晨はすこし感心した。皇帝のただひとりの男児である。どんな大人にもかしずかれる暮らしであろうに、居丈高《いたけだか》なところのない、素直で真面目そうな少年だ。

——なるほど、陛下に似ておられる。

顔立ちも佇まいも、物静かでひとを威圧することのない高峻《こうしゅん》によく似ていた。

「お付きの者は、どうしました」

「こっそり逃げてきた」

「逃げて……。なぜです？」

「だって、読んではいけない本もあるからって、自由に見せてくれない」

と、少年は唇をとがらせる。晨は苦笑した。——なるほど、晩霞《ばんか》の子だな。

「洪濤院の書庫のなかには、貴重な書物や、古くて傷《いた》みやすい書物もございますからね」

少年は黙り、じっと晨《しん》の顔を眺めて考えている様子だった。

「……もし、そういうものを損《そこ》なってしまったら、私ではなく、お付きの者が罰せられるんだね」

神妙な面持ちになり、「走りまわって、ごめんなさい」と改めて言った。

晨はその瞬間、胸に熱いものがこみあげて、己のそうした情動にひどく動揺した。それは、この愛らしく利発な甥を、いとおしい、と思う気持ちだった。

——ああ……。

これが鎖であるはずがない。

身の内を流れる血潮の熱さを感じる。晨は目を閉じ、頭《こうべ》を垂れた。

岳昭明《がくしょうめい》は高峻《こうしゅん》の側近であるとともに皇太子の傅《も》り役を務め、高峻が老齢を理由に退位してのちは、帝位を譲り受けた甥をかたわらで支えつづけた。

＊

帝位を退《しりぞ》いた高峻《こうしゅん》は、城外にある離宮に移り、そこで余生を過ごした。

その離宮を、ときおり、ひとりの老女が訪ねてきた。

銀髪とも白髪ともつかぬ豊かな髪の持ち主で、高峻は彼女と決まって、碁を打っていたという。

（了）

※この作品はフィクションです。実在の人物・団体・事件などにはいっさい関係ありません。

集英社オレンジ文庫をお買い上げいただき、ありがとうございます。
ご意見・ご感想をお待ちしております。

● あて先
〒101-8050　東京都千代田区一ツ橋2-5-10
集英社オレンジ文庫編集部 気付
白川紺子先生

集英社
オレンジ文庫

後宮の烏《からす》 7

2022年 4 月26日　第1刷発行
2022年11月19日　第4刷発行

著　者　白川紺子
発行者　今井孝昭
発行所　株式会社集英社
〒101-8050東京都千代田区一ツ橋2-5-10
電話【編集部】03-3230-6352
【読者係】03-3230-6080
【販売部】03-3230-6393（書店専用）
印刷所　株式会社美松堂／中央精版印刷株式会社

ISBN 978-4-08-680441-7 C0193

白川紺子

後宮の烏《からす》

（シリーズ）

後宮の烏《からす》

夜伽をしない特別な妃・烏妃《うひ》。不思議な術で呪殺から
失せ物探しまで請け負う彼女を、皇帝・高峻が訪ねて…？

後宮の烏《からす》 2

先代の教えに背いて人を傍に置いてしまった烏妃の寿雪。
ある夜の事件で、寿雪も知らない自身の宿命が明らかに!?

後宮の烏《からす》 3

ある怪異を追ううち、寿雪は謎の宗教団体に行きついた。
一方、高峻は烏妃を解放する術《すべ》に光明を見出して…。

後宮の烏《からす》 4

烏妃を頼る者が増え守るものができた寿雪と、その変化に
思いを巡らせる高峻。ある時、二人は歴史の深部に触れて!?

後宮の烏《からす》 5

寿雪を救うため、最も険しき道を歩み始めた高峻。一方、
寿雪は烏妃の運命に対峙する決意を固め…歴史がついに動く!

後宮の烏《からす》 6

肉体の主導権を烏に奪われ、寿雪の魂は行方知れず。
魂を呼び戻すには血縁者の存在が不可欠だというが…。

好評発売中

【電子書籍版も配信中　詳しくはこちら→http://ebooks.shueisha.co.jp/orange/】

集英社オレンジ文庫

白川紺子

下鴨アンティーク

シリーズ

①アリスと紫式部
「開けてはいけない」と言われる蔵を鹿乃が開けると、中の着物に次々と不思議なことが起きて…？

②回転木馬とレモンパイ
“いわくつき”の着物の管理を引き継ぐことになった鹿乃。ある日、外国人のお客様がやってくるが…。

③祖母の恋文
鹿乃の祖母が祖父にあてた恋文。それが書かれた経緯を探ると“唸る帯”が関係しているとわかり!?

④神無月のマイ・フェア・レディ
亡き両親の馴れ初めのきっかけになった雷柄の帯。雷鳴轟くその帯を手に、鹿乃は両親の過去を辿る。

⑤雪花の約束
着物に描かれていた赤い糸が切れてしまった。着物が宿す想いに触れた鹿乃は、恋心と向き合う事に。

⑥暁の恋
鹿乃が慧に告白し、気まずい関係が続く日々。そんな中、蔵の着物の関係者だという男性と出会い…。

⑦白鳥と紫式部
蔵に眠る着物も最後の一枚に。持ち主は野々宮家の女性だが、「神隠し」にあった人物らしく…？

⑧アリスの宝箱
先の事件で引き取った幸を迎え、新たな顔ぶれとなった野々宮家。それぞれが添う初夏の物語とは。

好評発売中

【電子書籍版も配信中　詳しくはこちら→http://ebooks.shueisha.co.jp/orange/】

集英社オレンジ文庫

奥乃桜子

神招きの庭

(シリーズ)

①神招きの庭

神を招きもてなす兜坂国の斎庭で親友が怪死した。
綾芽は事件の真相を求め王弟・二藍の女官となる…。

②五色《ごしき》の矢は嵐つらぬく

心を操る神力のせいで孤独に生きる二藍に寄り添う綾芽。
そんな中、隣国の神が大凶作の神命をもたらした…！

③花を鎮める夢のさき

疫病を鎮める祭礼が失敗し、祭主が疫病ごと結界内に
閉じ込められた。救出に向かう綾芽だったが…？

④断ち切るは厄災の糸

神に抗う力を後世に残すため、愛する二藍と離れるよう
命じられた綾芽。惑う二人に大地震の神が迫る——！

⑤綾なす道は天を指す

命を落としたはずの二藍が生きていた!?　虚言の罪で
囚われた綾芽は真実を確かめるため脱獄を試みる…。